喀布尔的
天空

杨明交　　The Sky of

著　　　　Kabul

知识产权出版社
全国百佳图书出版单位
—北京—

图书在版编目 (CIP) 数据

喀布尔的天空 / 杨明交著 . – – 北京：知识产权出版社，2020.6

ISBN 978-7-5130-6815-4

I . ①喀… Ⅱ . ①杨… Ⅲ . ①纪实文学 – 中国 – 当代 Ⅳ . ① I25

中国版本图书馆 CIP 数据核字 （2020）第 039653 号

常驻中东后，我前前后后多次前往这个位于亚洲腹地的内陆国家——阿富汗，实地观察与了解那里社会的方方面面。虽然战争主导了阿富汗人过去 40 年的生活，但它并不是阿富汗的全部。本书就记录了我在阿富汗工作期间听到、见到、感受到的普通民众的或喜、或怒、或哀、或乐的人间悲喜剧。

责任编辑：田姝　　　　　　　　责任印制：孙婷婷

喀布尔的天空
KABUER DE TIANKONG

杨明交　著

出版发行：知识产权出版社有限责任公司	网　　址：http://www.ipph.cn
电　话：010-82004826	http://www.laichushu.com
社　　址：北京市海淀区气象路 50 号院	邮　　编：100081
责编电话：010-82000860 转 8598	责编邮箱：tianshu@cnipr.com
发行电话：010-82000860 转 8101	发行传真：010-82000893
印　　刷：三河市国英印务有限公司	经　　销：各大网上书店、新华书店及相关专业书店
开　　本：880mm×1230mm　1/32	印　　张：10.75
版　　次：2020 年 6 月第 1 版	印　　次：2020 年 6 月第 1 次印刷
字　　数：200 千字	定　　价：68.00 元

ISBN 978-7-5130-6815-4

尽管后来多次踏上这片土地，但那个平白无奇的夏日午后，依然像卷轴画一般在记忆中展开，清晰而真实。

目录

第一章

战乱之地

01 初见喀布尔

　　至今仍然清晰地记得自己第一次去阿富汗时的情景，尽管后来去过多次，但那个平白无奇的夏日午后依然像卷轴画一般在我的回忆中徐徐展开，清晰而真实。

　　飞机从迪拜起飞，飞过油轮往来如织、蔚蓝色的波斯湾，经伊朗高原南部，自西南方向进入阿富汗境内。从飞机上能够清楚地看到阿富汗大地的脉络：它的南方是一望无际的沙漠，黄色是这里的主色调；巨大的兴都库什山自帕米尔高原而出，自东北向西南横亘在国土的中部，山中有无数或宽或窄的峡谷，它们沿着山脚一路延伸，就像这片亚洲腹地上曲曲折折的血管，连接着阿富汗北部适宜耕作与放牧的平原与南部一望无际的沙漠。自古以来，这些山中的"血管"就是游牧文明的中亚通往农业文明的南亚的必经之路。阿富汗首都喀布尔就坐落在这沙漠和高山交界处的一块盆地之中。

从飞机上鸟瞰群山中的喀布尔

飞机即将降落在喀布尔机场的时候，舷窗外不远处的天空中出现一只巨大的白色飞艇，静静地飘悬在城市的上空，如果不是后来得知那是美军用来监视城内核心区域的"天眼"，这个酷似电影《超能陆战队》中圆滚滚的大白的飞艇足以让我对喀布尔产生错觉，觉得它是一座文艺又可爱的城。从机场国际航站楼出来的时候，夏日午后的阳光灿烂夺目，暖暖地照在身上，湛蓝的天空中没有一丝云，温带大陆性气候特有的微热的风吹到脸上，干爽舒适。这座城市瞬间就给我留下了美好的第一印象。

如果不是战乱的环境，单纯从自然地理的角度看，喀布尔也的确担得起"美好"和"漂亮"这样的字眼。它四周群山耸峙，除了盛夏时节，山顶上都覆盖着皑皑白雪，站在城中任何一条大路上，目光所及，道路的尽头都是巍峨的雪山。喀布尔河穿城而过，如同一条飘带，串起一处处巴扎和清真寺。相比喀布尔，德黑兰周边也有雪山，却没有河流，缺乏灵动之气；巴格达城内有大河，却没有山峰，缺乏坚毅挺拔之感。它不像伊斯兰堡那样绿树成荫，也不似贝鲁特般光鲜亮丽。总之，喀布尔与所有其他中东和中亚国家的城市都不同，风格鲜明、别具特色。

只是如今，经过40年的战争，人们已经很难再将其与"美好"联系在一起，走下飞机时的幻象转瞬即逝。即使对阿富汗局势一无所知，走在喀布尔的大街上也能够感受到空气中弥漫着莫名的紧张。从航站楼外停车场开车出来，一路上都是步履匆匆的行人，没有人闲谈、没有人微笑、没有人喧哗，所有人都静悄悄的，带着一副木然悲苦的表情，看起来心事重重、沉郁落寞。车窗外偶尔闪过一两名女性，她们从头到脚裹在一身蓝色的布尔卡之中，连眼睛也罩在一层网格之后。在这个某天一位女性露出小腿在街上行走都能长期占据新闻网站点击量榜首的国家，街上的女性走路时都低着头，迈着生怕发出声响的碎步，静静地消失在街巷的拐角。

机场路走到尽头就到了马苏德广场，它其实只是一个环岛。在环岛的圆心处竖立着一座纪念碑，方形底座上耸立着一座棕色石砌圆柱，其上托着一枚黄色大理石圆球。广场的名字就来源于这座纪念碑纪念的人物——艾哈迈德·沙·马苏德，当年的反塔利班北方联盟[1]的首领。广场

1　全称是"拯救阿富汗伊斯兰联合阵线"，是阿富汗各军事派别组建的反对塔利班统治的政治军事组织。

对面是美国大使馆，这座堪称喀布尔全城安保最严密的建筑外层层叠叠地砌着厚厚的水泥墙，从墙外根本无法一窥其内部的建筑物。这三米多高的防爆墙和它上面缠绕的一圈圈带着倒钩的铁丝网，立即就把我对喀布尔天真的第一印象撕了个粉碎。

从马苏德广场环岛向西，就驶入了瓦济尔·阿克巴·汗区——小说《追风筝的人》中男主人公阿米尔家住的富人区。"瓦济尔"（Wazir）是中世纪伊斯兰王朝王公大臣头衔。阿克巴·汗是19世纪英阿战争中一位能征善战、品行高尚的阿富汗王子。外国驻阿使领馆、阿政府高官等显贵大多居住在这一区域。路上的车开始多了起来，一辆绿色的军车从我们身边呼啸着一闪而过，车后坐着的军人一条腿耷拉在货箱侧板上，手里拿着枪，面无表情地看着后车副驾上我这张外国面孔。一丝紧张感从心底传来，直达大脑，我不再好奇地东张西望，压低身体，透过车窗静静地看着窗外。街上许多穿着长袍的年轻男子挥舞着手中一沓沓阿富汗尼[1]和手机卡，他们在等待来此换汇的外国人。

车子驶离主路，拐入街巷。喀布尔所谓的富人区颠覆了我对"富人区"这三个字全部的想象，这里的建筑虽

---

1 阿富汗货币名称，1元人民币≈11阿富汗尼。

然都是独门独户的二三层小楼，但都已经年代久远，显出破败的迹象。路也从柏油路变成了坑坑洼洼的土路，车子开始大幅地颠簸起来，向上可以将人从座位上弹起，头直接撞到车顶；左右则可以让人骨头作响、肝肠寸断。下雨的时候，它又会变成泥潭与沼泽的混合物，车辆碾过后溅起的泥巴有时甚至能糊上两侧的车窗。即便如此，每次出行，居住在此处的外国人都会选择坐车而不是走路，因为上一个胆敢在这条街上行走的意大利人早已身首异处。如果站在后面的小山上向下看，瓦济尔·阿克巴·汗区就像用刀切好的豆腐块，街道横平竖直，每一个街口都有一根四五米长，像盆口一样粗壮的铁柱横放在两个支架上，用以阻挡装满炸药的汽车突然冲进某家的大门。路障下方挂着带着倒钩的铁丝网，旁边是砖砌的圆形岗楼，岗楼里外都有拿着AK-47的警察，他们有的在闲聊，有的在喝茶，有的在玩手机，偶尔瞥一眼街上往来的车辆和行人，便又转过头去，继续着自己的消遣。

　　车走到我们办公室所在的巷口，警察从岗楼里探出头来，看到司机是熟悉的面孔，这才抬起那根粗大的圆柱放行。办公室院内的保安通过摄像头看到是办公室的车，取下大门上碗口粗的门闩，在门口拿着一柄底部装着镜面的探照器，沿着车底盘仔细查看，以确定底盘是否被人安放了爆炸装置。确认无误后，才将我们放进院子。那座院子和《追风筝的人》中阿米尔家的院子很像，高达5米多的围墙将它和外面的世界完全隔开，院墙上方缠绕着一圈铁丝网，普通人根本没有可能翻墙而入，墙的四角分别安装了摄像头，能够实时探知墙外的一举一动。通常情况下，这里的房子进门后是厚厚实实的沙袋，摞得比人还高，假如有武装分子进攻，这就是继巨大的门闩后的第二道防线，我们办公室进深不够，只能用保安的小房子取而代之，寄希望于那个在抗击塔利班的战斗中断了一根手指的潘杰希尔保安在出事时能抵挡住外来的进攻。门右手边有一块不大的草坪，那时草种刚种下没多久，上面还盖着羊粪。草坪边上有一个泳池，这是过去阿富汗富人家里的标配，只是如今蓝色的泳池里已经没有水，里面堆满了墙外高大杨树上掉下来的落叶。泳池后面有一处小小的花坛，里面种着玫瑰红的月季，某种不知名的藤蔓不知何时爬满了花坛边的铁栅栏。花坛后面有四间小平房，在阿富汗，那是大户人家仆人住的地方，就像《追风筝的人》中仆人阿里和他的儿子哈桑住的那样。后院邻居家一棵高大的杏树，树枝伸到了花坛后面的墙上，春天的时候能够看到满树洁白的杏花出墙的美景。我那时还不知道，这个小院就成了我后来陆陆续续居住了近一年的家，它上空四四方方的天空就是我目光所及最遥远的距离，我感到自己像井底的青蛙，又如古装剧中的宫女，从此，无处可去，只好时时抬起头仰望天空。

我们的办公室是一栋二层小楼，一楼办公，二楼起居。起初它的外墙被刷成粉色，经过岁月的洗礼，褪去了最初的光鲜，残存的淡粉色已和周围的环境融为一体。二楼墙壁上有一处圆形的弹孔，上面写着：2014年11月27日。那天晚上办公室附近发生交火，来喀布尔出差的女同事梁馨文独自一人躲到了二楼的衣柜中，那位断指保安背着枪、摸着黑冲上二楼，将她护送到地下室。地下室的门是用一捺厚的钢板焊接而成，里面配备了被褥、急救箱、方便面、饮用水，甚至还有简易马桶。即使在盛夏时节，里面依然如冰窖般寒冷，盖上最厚的被褥也会被冻得浑身发抖。由于常年密不透风，里面总有一股掺杂着甲醛和别的什么东西混杂的味道。

交火结束后的第二天，馨文在二楼的窗下发现了一个比鸡蛋略小的弹孔。为防止此类事件再度发生，二楼靠近杏树一侧的窗户已经全部用钢板进行了封闭，所有的门窗玻璃都贴上了防爆膜，目的是当附近发生爆炸时，玻璃能够整块地出现裂痕，而不是震成碎片四散飞溅划伤人。

危险随时可能发生，除了住所要严密安保，衣、食、行等生活的方方面面也需时时牢记安全第一的准则。许多人可能以为阿富汗只对女性着装有严格的要求，这其实是相当大的误解，这里男性的着装亦有不成文的规定，即使最炎热的夏天，喀布尔的大街上也看不到穿短裤或无袖背心的男人，更别提露着啤酒肚的"膀爷"。任何过于鲜艳的颜色或者新潮的款式，都会引来路人的侧目。作为武装分子优先袭击目标的外国人，要想保持低调，在衣着上不那么显眼自然就是明智的选择，比如卡其色的长裤，或者黑色的衬衫，就不会在人群中造成哗动。

即便如此，在全阿富汗，喀布尔依然是最开放的城市之一。有一回，我去东部城市贾拉拉巴德出差，早上从办公室二楼下来，看到摄像和制片人已经双双穿上了棕色和灰色的阿富汗长袍，着实吃了一惊，因为他们俩除了重要节日之外几乎都是穿着牛仔裤衬衫之类的过来上班。"那可是贾拉拉巴德，普什图人的地界！"欧拜扛着摄像机三脚架，小心翼翼地说道，言下之意是他这个塔吉克人可不想在那里引人瞩目。我讥笑他小题大做，等到了那座离巴基斯坦不远的城市才发现，全城真的只有我一个人穿着牛仔裤和衬衫这两件"现代"衣服。

当然，相比于西方人，中国人有一个优势，那就是长得比较像当地的哈扎拉人，这些据说是当年随蒙古人远征至此定居下来的东亚人后裔在长相上几乎和中国人没什么分别。如果我们穿上当地服装，外人分辨起来就比较困难。有一次我和一位同事去逛商场，门口的保安没做安检直接将他放行，却把我拦在门外仔细搜身，因为那天他穿着"现代"的衣服，我却穿着当地的长袍，被误认成是哈扎拉人。

2001年阿富汗战争以后，伴随着北约部队和各国重建承包商的到来，嗅觉灵敏的外国餐饮从业者嗅到了商机，纷纷来到这座陌生的城市淘金，泰餐、法餐、土耳其餐等餐厅陆续开业。黎巴嫩人卡迈勒·哈马德也在此时来到了喀布尔，开了一家黎巴嫩风味餐厅。正如在中国，同样的食材到了四川人手里总能做出不同的味道一样，在中东，黎巴嫩人是天生的主厨，同样的烤肉和沙拉经由黎巴嫩人之手做出来就是比其他国家的人做得美味。在美食种类乏善可陈的喀布尔，哈马德的餐厅成了王冠上的明珠，受到外交官、外国记者和其他西方人的热捧。

然而好景不长。听新华社喀布尔分社的同事讲，在我到喀布尔之前的那个冬天，与他们办公室一墙之隔的黎巴嫩餐厅遭到了武装分子的袭击。社里的当地雇员迅速穿上防弹衣、手持AK-47，冲到二楼，准备与可能来犯的武装分子决一死战。武装人员并没有翻墙进来，他们在隔壁的黎巴嫩餐厅展开了疯狂的屠杀，21人殒命，哈马德拿起枪试图保卫自己的餐厅，但最终还是未能幸免，倒在了血泊之中。

袭击发生时，两位名字叫红的中国女人在喀布尔经营餐厅已经有10余年了。她们一个温婉贤淑、一个落落大方，如果走在人群中，你绝对想不到这样两位中国女子会在战乱的阿富汗经营餐厅。王秋红开的是一家中餐厅，杨海红开的却是一家印度餐厅。喀布尔似乎对东方女性有一股莫名的魔力，那时候城里还有另外一家中餐馆，老板也是一位中国女人。一位日本女记者走得更远，她嫁给了当地人，不但在喀布尔开了日本料理店，还在巴米扬经营着客栈。

为了防止遭到袭击，这些外国餐厅基本都独门独院，不挂招牌，地址要靠熟人介绍，并且一般都需要提前预约，进门则需要经过严格的安检。即便如此，安全依然无法得到保障。泰餐厅、意大利餐厅相继关门……2015年春天的某个夜里，瓦济尔·阿克巴·汗区响起了彻夜的枪声，被袭击宾馆旁的中餐馆中方人员连夜离开了这个是非之地。没过多久，杨海红也离开了喀布尔。

如今，只剩下了王秋红独自一人仍坚守在这座危险的中亚山城之中。

外国餐厅的顾客群体大部分都是外国人，阿富汗本地人在饮食上相对简单，并且比较保守，轻易不会去尝试外餐，更何况，外国餐厅高昂的费用也不是当地普通人能够承受的。我们在当地的制片人卡里姆曾经随团访问过中国，我本暗自庆幸他终于有机会尝到花样繁多的中国美食，没想到他回来之后却说他们团友在中国平均每人瘦了四斤，这让一向对中餐抱有无比优越感的我颇为不爽。问其原因，他告诉我说，尽管中方安排他们去的都是清真餐厅，但倘若一盘鸡肉中有一只鸡爪或鸡头，他们是万万不会下筷的，因为鸡肉在阿富汗的做法只有烤或炸，鸡爪或鸡头这类边角料从来都不会被端上餐桌。他们没有见过这种做法，因此，也不会去吃。

在喀布尔大大小小的本地餐厅中，气氛就随意得多，由于基本都是本地食客，这里通常都没什么安检。即便如此，我们出去吃饭依然要有所防范，选择远离临街窗户的座位，是一条基本准则。这样就能尽量减少被外面的人打量，更重要的是，一旦发生爆炸袭击，也能避免被窗玻璃划伤。

所以，最简单、最安全的办法，还是尽量在自己家里做饭。我们每个来阿富汗出差的同事，都会从迪拜背来大量的食物：老干妈、挂面、豆腐乳、榨菜，等等。厨房的操作台上永远摆满了各种酱油、陈醋、花椒、大料等调味品。虽然不缺调味品，但做饭的意愿仍然不高，火锅底料煮面仍是最简单、最实用的懒人食谱。街上买块热乎乎的烤馕，回来炒两个鸡蛋也能很快地对付一顿。喀布尔没有统一的市政供水，人们都是依靠自家打井取水，水质无法保证，我们刷牙、做饭等入口的水都是使用矿泉水。尽管如此，从迪拜来出差的同事，很少有不拉肚子的，唯独我是个例外，他们总因此打趣我天生就是为阿富汗而生，其实他们哪里知道，我几乎每顿饭都吃好几颗大蒜以便消炎杀菌。

在喀布尔开车，对于外国人来说，绝对是一件无比刺激和冒险的举动。喀布尔的市区公路与司机，似乎都秉承了游牧民族追求自由、不受羁绊的天性：道路犹如草原，没有限速，即使有，也没什么人遵守，路上很少有红绿灯。司机把汽车当成了骏马，横冲直撞、见缝插针，双车道能并排上4辆车，彼此还能在驾驶室互相招手致意。环岛形同虚设，很少有人只为掉头而愿意逆时针转一圈，直

喀布尔街头的军车，车身右侧放置了信号屏蔽器

接在环岛邻近两个入出口掉头通过才是大家默认的通行方式。总之，不遵守规则似乎才是喀布尔的行车规则。

然而很遗憾，喀布尔能让司机驾车高速纵横驰骋的时间并不多。作为一个拥有约500万人口的大城市，这里的道路十分拥挤，早晚高峰期间城里的主干道更是堵得水泄不通。老式的丰田科罗拉绝对是滚滚车流中的主角，黄色的出租车遍布城市的每一个角落，道路上偶尔会有全新的奥迪Q7、变形金刚大黄蜂同款的雪佛兰、敞篷的红色跑车驶过，引发路人纷纷侧目。而对于我来说，那些车尾左右两侧立着半米高像天线一样装置的吉普车才显得新奇，后来才知道那是信号屏蔽器，防止有人通过手机遥控引爆放在车上的炸弹。车身仍印着日文、韩文的日韩淘汰小型客车则承担了这座城市主要的公交功能。喀布尔四面环山，这样的地形导致道路已无法向外延伸，再加上路上骑毛驴的、推"卡拉奇"（单轮小推车）的、骑摩托的、走路的等各种行人和交通工具混杂，城里又到处都是警方设立的检查站，几乎每辆普通牌照的车，都会被拦下盘问，所以这座城市的交通，无论早晚高峰，还是平时，始终都拥挤不堪，寸步难行。而堵车，在这样一个恐怖袭击频发的地方，是极其危险的事，尤其是当你的车旁停着的是警车、军车或者是外国人的车——这些武装分子优先的袭击目标时，这种紧张感更加明显。如果此时真有袭击发生，你很可能会被爆炸的冲击波或者交火时的流弹击中。

停车同样需要警惕，我们要求司机停车后视线一刻不能离开车体，因为你不知道自己会不会被人盯上，在车底盘上贴个磁力炸弹。所以，降低遇袭相对行之有效的办法就是尽量减少出行，这也是众多外国驻阿富汗机构大多选择独门独院别墅的原因，办公与住宿在同一个院子里，这样就省去了上下班通勤的时间，降低了遭遇袭击的风险。

衣、食、住、行等生活所有细节上的草木皆兵，在喀布尔都显得恰如其分，因为接二连三的爆炸早已是这座城市中最熟悉的场景。我就在这样的小心翼翼中迎来了自己在喀布尔的生活。

毁于战火的达鲁阿曼宫

02　恐怖袭击

　　"喀布尔没有一条街道没被炸过。"当地媒体的这句话绝非信口开河。幸运的是，在我第一次去阿富汗的那一个月，喀布尔没有发生造成重大人员伤亡的恐怖袭击。那年冬天，当我再次返回阿富汗并开始常驻生活后才发现，各种爆炸和交火事件就如同堵车和空气污染一样，早已经是喀布尔这座城市日常生活的一部分，以至于某段时间如果相对平静，大家反而心慌起来，害怕这是武装分子在悄悄地谋划一场更大规模的行动。

　　2014—2019年，在我常驻中东这五年，"伊斯兰国"迅速发展壮大，在伊拉克和叙利亚境内攻城略地，成为为害一方的一股恐怖势力；也门内战爆发，沙特领导的阿拉伯联军支持的哈迪政府军与胡塞武装、前总统萨利赫的武装力量陷入旷日持久的战争；断断续续持续了40年的阿富汗战争，依旧没有任何停战的迹象。除也门外，其他几个战乱国家我都去过，亲身经历伊拉克与叙利亚战争后发现，同样是战争，阿富汗与叙利亚、伊拉克两国的情况截然不同。

在叙利亚政府军与极端组织"伊斯兰国"在巴尔米拉的战斗进入决胜的时刻，我们同叙利亚当地媒体一起，在军方的带领下，一大早从大马士革出发，到前线采访。

巴尔米拉位于大马士革西北部200多公里处，历史悠久，城内有众多规模宏大壮丽的神庙、剧院、元老院和城墙等古建筑，是叙利亚境内保存最完好的一座古城，被联合国教科文组织列为世界文化遗产，具有极高的历史价值和艺术价值。叙利亚战争爆发后，号称"沙漠新娘"的巴尔米拉古城遭到洗劫和破坏。2015年5月，"伊斯兰国"占领了巴尔米拉地区，对古城内多处"异教建筑"进行了破坏。在随后叙政府军与"伊斯兰国"的交战中，古城内的多处建筑也遭到不同程度的损坏。

车子在叙利亚中部广袤的沙漠里飞奔，天渐渐亮了起来，那天早上天灰蒙蒙的，云层极低，仿佛就要压到车顶，让人喘不上气。越往前走，路上车辆越少，只有前后

满目疮痍的巴尔米拉遗址

四辆媒体的车在狭窄的柏油路上狂奔，司机一度开到了140千米/小时，这速度简直可以和在迪拜高速公路上飙车媲美。

快到巴尔米拉城外三角地的时候，路上的气氛逐渐显得紧张起来，坦克和装甲车等重型武器不断从车窗外闪过，我隐约感到这将是一次不同寻常的战地探险。就在我们快要到达公路尽头的分岔路口时，突然听到几声嗖嗖的巨大声响，紧接着就看到车窗右侧山坡上几枚火箭弹拖着刺眼的火焰，从火箭炮里发射出去，在天空中划出一道完美的弧线，飞过我们的头顶，在左侧山坡后面落地爆炸，整个大地都为之颤抖！那一瞬间，我的心跳骤然加快，头发里瞬间有股热气在蒸腾。这是真正的战场！

我们下车，在军官的带领下，爬上前面的一座小山丘，地上到处都是大大小小的弹头，还有吃剩下的已经风干变硬的阿拉伯大饼。爬山的过程中，山后的交火声一直断断续续。但主战场并不在这里，只闻其声不见其形。我们下了山，沿着山脚下岔路左边一侧的公路继续往前走。

路前面是两座山，中间有一道不太高的隘口，过了这个小岭，下去就是巴尔米拉。快到隘口底下时，那边的交火声越来越大，前方军队的车和记者的车开始停靠在路边。军方人员显然是在评估局势，看是否能带记者到现场去拍。记者们都下车开始拍摄。此处路牌上写着："到巴尔米拉，9公里"。突然间，耳边响起嗖嗖的炮弹划过空气的声音，接着听到"嘡""嘡"地两声巨响，公路左侧五百米外荒地上弹起一小团的黄沙。这时候前面的人纷纷掉头，猫着腰往回跑，还有人赶紧钻进车里掉转车头加速往前开。我愣了几秒钟，猛然回过神儿来："伊斯兰国"的炮弹都打过来了！赶紧猫着腰就往回跑，躲到了路边一处由沙袋堆起的掩体后面，那掩体有一人多高，我们许多记者躲在里面，都不说话，除了偶尔响起的炮弹声，掩体里静得能听到所有人的心跳声。山后的炮声轰隆作响，我们在里面等了大概有半个小时，军方同意带记者到刚才隘口右侧的山上观战。

隘口右侧的山顶有一座巨大的古城堡，我们沿着盘山公路开车上山，在古城堡下面的一处开阔地带下车。下车后，因害怕被流弹击中，军官让我们猫着腰慢慢靠近山崖。

我的心已经飞到了嗓子眼，子弹飞在空中，擦过空气的嗖嗖声像雨点一样密集，我们匍匐在山崖边，连头都不敢抬、大气也不敢出，生怕目标暴露被敌人一枪爆头。叙利亚政府军一方在山脚下，"伊斯兰国"武装分子则在对面的巴尔米拉城中。这一次，是真真正正的前线！这一次，是真真正正的战争！头上，战斗机、火箭炮、迫击炮等像耀眼的流星划破昏黄的天空，各种导弹像冰雹般密集地落在城中，伴随着巨大的轰炸声，巴尔米拉城内不断腾起一股股黑色的蘑菇云和白色的烟；山脚下，坦克、迫击炮、重机枪轮番上阵。而对面"伊斯兰国"的子弹也嗖嗖地从我们身边飞过，打在山顶古城堡的墙壁上，弹起一小圈一小圈的黄土。枪林弹雨，地动山摇。坦克发射炮弹低沉的"砰""砰"声和重机枪狂扫子弹时清脆的"嗒""嗒"声不绝于耳，火箭弹"咻"的一声飞来，就好像是要在我们当中爆炸！各种声音不分先后，犹如利箭般密集地射入耳中。炮弹击中目标后巨大的爆炸声和心脏的剧烈跳动似乎产生了某种共鸣，它好像不是落在对面的城市中，而是落在人的心中，我感觉内脏都被炸裂，里面的血迅速向上涌，似乎都能闻到嘴里有股血腥味，但其实嘴里干得连一口吐沫都吐不出。我的胸口就像压了一块大石一样，胸闷气短，想大口喘气，大声呼喊，却发现气管似乎已经被堵塞了一半，无论怎么努力，依然憋得难受。我趴在悬崖边上，一动不动，心里什么都没想，一片空白，只感到天旋地转，浑身发抖，连往上稍微多抬一点头都不敢，那半个多小时宛如半个世纪那样漫长，我甚至一度怀疑还能不能下得去此山，见到第二天的太阳。

　　大约半小时后，交火声渐渐变弱，我们也匍匐着后退，慢慢地抬起身。这时候，山腰上聚集起越来越多的叙利亚政府军士兵。他们有的拿着枪匍匐在悬崖边瞄准、有的拿着对讲机在不停地大声说话、有的在认真地调试无人机。山下的交火依然在继续，城内仍然不时腾起巨大的黑云，爆发出巨大的爆炸声。这个时候，我已经适应了这里的环境，开始仔细打量周围的一切。巴尔米拉古城就在我的右手边，虽是俯视，但它宏大的规模依然让人印象深刻，黄色的古罗马立柱威严地矗立在那里，千百年来，它见过中东这片土地上无数的战火，对眼前的激烈交火早已习以为常。古城旁边的巴尔米拉城区已经是一片废墟，那里根本没有任何一栋完整的建筑。中午，除了山脚下的坦克和重机枪压住"伊斯兰国"的火力外，只剩下零星的交火声。士兵们都开始吃午饭，他们中的许多人看起来都还很小，十七八岁的样子。吃完了饭有的人开始抽水烟，有的在做礼拜，还有十几个年轻的小伙子，围着一圈，举着叙利亚国旗，在镜头前高昂着头，唱起了叙利亚国歌。看到人群中有中国面孔，许多人跑过来要和我合影，他们越是轻松自在，我心里就越不是滋味，这些小伙子们在人生最好的年纪，本应在大学学知识，或者谈恋爱，娶妻生子，安家置业，现在却必须放下所有的一切，直面生死。

叙利亚巴尔米拉战斗前线

他们中有的人也许中午还在和我自拍，下午或者晚上就变成新闻报道中的一组死伤数字。仅此而已。

阿富汗人同样可能随时会面临生死，但这里与叙利亚或伊拉克的情况迥然不同，自2001年被塔利班赶下台以来，以美国为首的北约部队、阿富汗国家安全部队与塔利班之间真正意义上大规模的前线交战早已停止。塔利班在乡村发动的是游击战，这类交战通常规模不大，且因为地处偏远，没什么人关注。在喀布尔等大城市，塔利班的袭击以各种爆炸为主。所以阿富汗局势的吊诡之处就在于：它没有双方大规模激烈交火的前线，却时时刻刻透露着危险的气息，因为你不知道爆炸会在何时何地突然响起。没有前线，也就意味着到处都是前线。爆炸袭击伴随了我第二次到阿富汗生活的全部时光。

我再次来到阿富汗的时候是2015年的1月，这是一个相对安全的季节。塔利班发动爆炸袭击通常是从春天开始，它每年都会在春暖花开的季节宣布发动所谓"春季攻势"。冬天，他们躲藏的地方大多已是大雪封山，大自然的阻隔使这些武装人员不得不选择销声匿迹，他们就如同那些需要冬眠的动物一样，学会了战斗与休整的周而复始。因此，2015年2月26日的爆炸就显得极不寻常。当天早上8点多，我刚睡醒，还没起床，突然，一记闷响，"砰"的一声，仿佛是从地下传来，感觉床都上下晃动了一下，窗玻璃也"哐"的一声！尽管之前从未经历过，但直觉告诉我这一声非同寻常，极有可能是爆炸。赶紧起床，穿好衣服，得知是办公室附近的伊朗驻阿富汗大使馆外发生爆炸。摄像和司机都还没上班，我顾不上洗脸，理了理头发，抓起手机就出了门。走在冬日早晨的街道上，凛冽的寒风直往大衣领里灌，冻得人瑟瑟发抖。大批警车和荷枪实弹的警察已经封锁了通往事发现场的主路，就在我进退维谷之际，卡里姆从后边追了过来，带我从旁边一条小路走，路上一个行人也没有，空旷的街上只有我和卡里姆低着头走路，他似乎听到了我因害怕而爆裂的心跳，安慰我说，不要紧，穿过这条街往左一拐就到了。听了他的话，我稍感安慰，不由地加快了脚步，心中却又闪过一个念头：要是恐怖分子逃脱后跑到这里怎么办？！

　　还好没几步路就到了现场，那是我第一次目睹爆炸现场：袭击者的车辆炸得只剩下一台发动机和一堆干瘪的铁皮，四个车轮只剩下了一个，已经完全看不出是汽车的模样。被炸的车辆隶属于土耳其大使馆，是一辆小客车，框架还在，但通体已被烧成了炭黑色。车前部散热器格栅已被掀翻，不知去向；车头两旁的大灯被震碎，露出两个黑漆漆的洞；发动机罩被爆炸的冲击波震开；挡风玻璃左半边被炸出了一个大洞；车窗玻璃已被震成无数碎片，散落了一地。停靠在此处的另一辆白色轿车也受到波及，车上所有的玻璃全部被震碎，车顶凹进去很大一块儿，周围道路上的树枝和石头都飞到了发动机罩上，凌乱不堪。

事发地是外国使馆区，异常敏感。阿富汗特种部队、喀布尔警方派出了两三百人，他们全都拿着枪，高度戒备。大型消防车、拖车抵达现场将毁坏的车辆拖离。这起爆炸造成3人死亡：一个是袭击者、一个是被袭击小客车里的土耳其人，还有一个是刚好路过此处的平民。

那一年，如同2001年后的每一年一样，每隔一段时间就会有袭击的消息传来：

1月29日，喀布尔机场发生枪击事件，3名驻阿联军外国承包商和1名当地人死亡；

2月17日，阿富汗卢格尔省一处警察局遭到塔利班袭击，至少10名警察死亡，另有8人受伤；

3月7日，喀布尔一座苏菲派修道场所遭到不明身份武装人员枪击，11人死亡；

3月18日，一辆装满炸药的汽车在南部赫尔曼德省政府大院墙外被引爆，7人死亡，43人受伤；

3月25日，总统府附近发生一起自杀式汽车炸弹袭击事件，7人死亡，36人受伤；

4月2日，东部省份霍斯特省省会霍斯特市民众举行反腐败游行时，人群中有人引爆了身上的炸药，16人死亡，40人受伤；

4月9日，塔利班武装分子闯入北部重镇马扎里沙里夫检察长办公室，打死10人，63人受伤；

5月4日，阿富汗总检察长办公室运送员工上下班的班车遭遇自杀式爆炸袭击，2人死亡，15人受伤；

5月10日，阿富汗总检察长办公室班车再次遭遇自杀式袭击，3人死亡，18人受伤；

5月13日，喀布尔一家宾馆遭塔利班袭击，14人死亡，6人受伤；

5月17日，塔利班袭击了喀布尔机场入口环岛处的北约车队，3人死亡，18人受伤；

5月19日，司法部附近发生一起汽车炸弹袭击事件，5人死亡，24人受伤；

5月25日，袭击者在南部查布尔省委员会办公室引爆了一辆小型卡车上的炸弹，4人死亡，73人受伤。

爆炸袭击发生得如此频繁，久而久之，我对它已经产生了一种近似于麻木的抵抗力，除了发生的频次较高外，也是因为袭击都发生在离我们住所较远的地方，喀布尔城足够大，距离感可以消弭人对于爆炸的恐惧之感。直到5月末，住所附近发生的一起袭击事件，我才真切地感受到阿富汗爆炸袭击事件的恐怖之处。

爆炸发生在晚上11点左右，当时我刚洗完脚坐到床上，准备睡觉。这时突然传来一声巨大的爆炸声，差点把我从床上掀翻在地。紧接着传来一阵密集的枪声，就像把大量黄豆倒进铜锅里一般。出事了！快跑！我心头一凛，赶紧往楼下跑。下楼的过程中，枪声越来越响，仿佛就在耳边。平时几步路就能跑下去的楼梯此时显得格外崎岖漫长。跑到地下室后，赶紧将门闩插上，随手关上了地下室里的灯。枪声，像爆竹般噼噼啪啪的，似乎越来越大。我站在空旷漆黑的地下室中，大脑中一片空白，偌大的地下室里只有我砰砰的心跳声。不知道过了几秒，我回过神来，感到空气中都弥漫着恐惧。枪声这么大，袭击者肯定就在附近，如果他们的目标是我们记者站，夜里值班的两个保安抵挡不住、五米高的院墙抵挡不住、地下室的大铁门更是抵挡不住，沦为待宰的羔羊只是时间问题。

时间一秒一秒地过去，我站在地下室一筹莫展之际，突然想到角落里有一台监控器，赶紧冲过去查看。院墙四周的摄像头里，深夜的街道一如往常，连一个人影也没有，一辆白色的汽车停在我们院外，也丝毫未见异常，只有空气中的浮尘，在镜头前飞来飞去，这时才确认我们办公室不是袭击目标。在阿富汗，塔利班的情报系统很有一套，他们的袭击目标通常都很明确，除非被爆炸的冲击波或交火时的流弹波及，否则即使住在被袭击者的隔壁，通常也不会有大问题。我悬着的心稍稍放松了下来，赶紧拿起手机，向国内发回一条简讯：

> 当地时间5月26日晚11点左右，即北京时间5月27日凌晨2点半左右，阿富汗首都喀布尔市中心发生一起爆炸袭击事件，截至记者发稿时，交火仍在持续，暂无人员伤亡报告。

发完稿，我给卡里姆打电话，请他帮忙核实袭击发生的具体情况。挂断电话，又开始上网搜寻相关消息。袭击刚刚发生，当地媒体和社交媒体上一点消息都没有。这时候，卡里姆打来电话，说他给负责警务的内政部等部门打了一圈电话都没有打通，他目前也没有任何消息。并且由于事发地周边肯定已经被军方和警方封锁，住在城市另一端的他即使赶到我们所在的这个区也进不来，所以他也没有什么办法。另外，深夜里我是不能一个人出去打探消息的，一旦误入现场，交火双方都不知道我是谁，极有可能被双方当成敌人，遭到攻击。而且，瓦济尔·阿克巴·汗区的建筑都是深宅大院，由于安全原因大家平时几乎很少走动，邻居们之间也互相都不认识。就算是我能躲过双方的火力到达现场，也不会知道被袭击的地方到底是一个什么机构，袭击者和被袭击的对象到底是谁。

　　这让我想起了伊拉克。8个月之前的2014年10月，我在巴格达采访。10月的巴格达，夏天的闷热依旧没有褪去，道路两旁的枣椰树粗壮的枝叶被晒得无精打采。在最炎热的七八月，路边的树经常因为气温太高而发生自燃。一辆红色的卡罗拉突然停在了路边的拐角处，"嘎吱"，司机塔里克拉上了手刹，掏出一根烟，点上："等国防部的人。你们慢慢吵吧！"我瞪了他一眼，转头继续对摄像穆罕纳德嚷道："你凭什么不去！"

　　"你刚来，根本不知道那里有多危险！"穆罕纳德满脸不情愿地说道。

　　"你可是巴格达人！什么危险没经历过！"

　　"巴格达人从来不会去那里！"

　　"你是摄像！这是工作！"

"什么工作能比命重要！"

"我都不怕，你怕什么！"

"我还有家人……"

"难道我没有吗！我大老远从中国来不就是为了拍新闻吗？"

"总之，没有军方人员陪同，我不去！"

"……"

坐在副驾上的翻译伊纳斯两手一摊，我和摄像穆罕纳德的英阿双语争吵无果而终。车里静得能听见人的心跳。司机塔里克掐灭了烟："人来了"，说着推开了车门。马路对面走来了一个四十岁左右的男人，头戴一顶黑色贝雷帽，土黄色的军装外面罩着一件防弹衣，腰间别着一支手枪。他和塔里克握手，贴面，简短的交谈后，跳上了不知道什么时候停在我们前面的一辆黑色雪佛兰。"国防部负责新闻的"，伊纳斯回过头来对我说。

"走吧！"塔里克关上了车门。跟着前面的车，我们一路向西驰去。

2014年10月中旬，巴格达城内传闻四起，说当时已经占领伊拉克中部和北部大片领土的"伊斯兰国"武装分子控制了巴格达西部阿布格莱布地区，直逼附近的巴格达国际机场。一时间，巴格达城内人心惶惶，据说有人已经载着值钱的家当开始向南部什叶派聚居区逃离。

我们此行的目的地，正是阿布格莱布。这座因当年美军虐囚丑闻而为人熟知的小城位于巴格达城西约30公里处，离巴格达机场不远，是巴格达往来费卢杰的必经之地。在萨达姆下台后的数年间，这里曾多次发生爆炸袭击、武装绑架等恶性事件，被伊拉克人称为全巴格达最危险的地方。如果没有军方人士或当地人的陪同，没什么人愿意去那里。

从公路的一个出口拐下去，柏油路变成了土路，气氛也立刻变得有些紧张。刚才还熙来攘往的公路，突然变得冷冷清清，一辆车都没有。道路两旁的水泥防爆墙，足足有3米高，防爆墙后，每隔数米就有一个圆柱形的岗哨，从狭小的孔中伸出黑色的枪管。每走四五分钟，就有伊拉克军方的安全检查站。这一路我们都没有说话，车里的空气沉闷到了极点。车在土路上行驶了十几分钟，路旁两辆军车加入到我们的队伍。最前面的是一辆美制悍马越野车，上面架着两挺重机枪，身着防弹服的伊拉克特种部队成员坐在机枪后面，警觉地四下查看。

　　车队继续向前开，这时候道路两旁开始逐渐出现了三四层高的小楼，行人也开始渐渐增多。又开了大约二十多分钟，前面的军车停了下来，车里的士兵开始下车。"到了。"翻译伊纳斯跟我说。我打开车门，刚一下车，一抬头，立刻就有两名士兵围拢过来，他们头戴钢盔，脸上罩着黑色的面罩，手里举着美式M16突击步枪，防弹衣外面挂着一排弹夹。我还没明白是怎么一回事，他们已经示意我跟着他们穿过马路走到对面的菜市场。两名士兵在菜市场门口持枪警戒，马路两旁分别有一名军人在指挥过往的车辆。我们走到菜市场门口，在此处警戒的两名士兵就走到前面，陪同我过马路的士兵则紧随其后。看到有外国记者前来采访，市场里的人都带着好奇的目光，开始向我们这边聚拢过来。前面的两名伊拉克士兵不断举着手里的枪，扒拉着拥挤的人群，大声呵斥让他们不要靠过来。翻译伊纳斯跟在我身后，拉了下我的衣角："赶快采访，不要在这里待太久。"还没缓过神来的我，抓起话筒，就开始采访旁边的一位摊主，"我们这里很正常，这个市场每天都照常营业，昨天没发生冲突。"我刚要开口问第二个问题，旁边的士兵直接打断："对不起，你必须马上离开这里。"

　　"可我的采访才刚开始！"我抗议道。

"为了安全起见，必须离开！"

"那至少再让我采访一个人！"

"可以，但必须离开这个市场！"

"……"

就这样，从进菜市场到问完第一个问题，总共在里面待了不到5分钟。在士兵护送下出来后，马路上正好遇到一位戴着头巾的谢赫，也就是当地比较有威望的老人。老人面对镜头，非常自信地说："阿布格莱布比巴格达其他区域安全！你从这再往前走20到25公里也是安全的，你要去我陪你。"这时候，那个把我赶出菜市场的士兵又凑了过来："今天的采访到此为止！"此刻我知道一切争辩都是多余，也不想因为坚持己见而给所有人带来危险，默默地回到了车里。摄像从马路对面跑过来："你先在车里坐一会儿，我再去拍几个镜头。"

"可他们说采访已经结束。"

"外国人太扎眼，我没事！"

回到车里，我长长地舒了一口气："为什么当地人说这里很安全，可我的感受却不一样呢？"我问伊纳斯，她慢悠悠地说，这就是伊拉克，真实与谎言的界限并不清晰。但巴格达人都知道，阿布格莱布是最危险的区域。我们正说着，摄像也回来了。

"谢谢你！"我说。

"没事。"

可能是想起了早上的争吵，两个人都不太好意思，对话也没有进行下去。军方人员过来拍拍车门。该走了，我看了看手机，采访和拍摄前后加起来不到10分钟！似乎是一定要让我们相信这里的局势稳定，他们又带着我们来到了阿布格莱布市政委员会，这里的负责人也拍着胸脯保证，阿布格莱布并没有什么恐怖组织。但他同时表示，当地政府已经增派了民兵，并大力配合军方，共同抵御"伊斯兰国"的进攻。

回巴格达的路上，我对早上的争吵有些惭愧。

"没想到阿布格莱布气氛这么紧张！你说的对，没有军方陪同真的不能去！我为早上的行为感到抱歉。"

"没事，我当时也是太激动了！但相信你也感受到了这里的气氛。"

"嗯，但我还是不太明白，当地人明明说这里很安全啊？"我有些不解地问。

"都是说给记者听的。杨，你要记住，在伊拉克，他们只愿意给你看他们想要你看到的东西！他不想让你看到的东西你是看不到的。"

"可没有军方陪同，我们自己又无法实地查看。所以这永远是一个悖论？"

"对的，就是这样，欢迎来到伊拉克。"他苦笑着说。

虽然有传闻说部分人因"伊斯兰国"打到城郊而逃到了南部，但那只是传说。近在咫尺的"伊斯兰国"并没有给在战火中熬出来的巴格达人的生活带来多大影响。夏日的傍晚，流经巴格达市区的底格里斯河上，年轻人驾着快艇在平静的水面上划出一道又一道白色的航迹；华灯初上，大马士革路游乐场里的摩天轮和过山车霓虹闪烁，隔着三五里都能听到里面孩子们欢快的尖叫声；底格里斯河边全城最著名的、与"伊斯兰国"头目巴格达迪同名的伊拉克特色烤鱼店到了晚上八点人头攒动、生意兴隆。

巴格达似乎和别的城市没有什么不同。但这显然不是对这座西亚人口第二大城市最准确的概括。对于记者来说，巴格达既是天堂，也是地狱。说它是记者的天堂是因为在这里你面对的是新闻的海洋，不需要为了寻找合适选题而绞尽脑汁，因为一旦扎进巴格达的人海，所有的新闻选题会像海水一样将你裹得严严实实。在萨达姆下台后的数年间，这座城市里听到最多的，除了一天五次的清真寺宣礼声，就是大大小小各种爆炸声；厚厚的钢筋混凝土防爆墙和铁丝网是巴格达最常见的景象，无处不在的装甲车和持枪的军警依然无法阻挡此起彼伏的恐怖袭击，有经验的记者凭借远处黑烟的形状就能判断出那是爆炸还是烧垃圾引发的状况，因为爆炸后的黑烟呈现的是蘑菇云状，而普通燃烧产生的黑烟则是飘散的圆筒状；这里的人们都有外人不曾体会过的生与死的故事，每个伊拉克人的人生都是一部可以拍成多集的新闻纪录片；出城七八十公里就是政府军和"伊斯兰国"交战的战场，只要你有足够的门路，就能近距离地记录战争，一圆战地记者的梦想。巴格达同样也是记者的地狱，不用说它漫长的夏季那高达50℃的气温，也不用说出入绿区或政府机构那烦琐的安检，更不用说它隔三岔五的爆炸与绑架，单是消息来源的混杂，就已经足够让人崩溃，在这个阿拉伯世界人口第二大的城市里，各路消息纷纷扰扰、半真半假，就连袭击后统计的死伤人数亦是如此；巴格达的空气中似乎都充满了谎言、诡辩与阴谋。同一件事，采访逊尼派议员你会听到一种观点，到了什叶派专家嘴里则变成了完全相反的论调，而库尔德人又可能告诉你另一种似是而非。记者必须在这样的混乱中准确地去分辨哪些是真、哪些是假，哪些有价值、哪些毫无意义，能做到这些，确实极难，亲眼所见的前线都是别人让你看到和听到的样子，遑论其他。

喀布尔同样如此，就像这一晚的情况：袭击明明就在眼前，枪声就在耳边，但它似乎又远在天边，看不见也摸不着。事件刚刚发生，除了军方和警方，几乎没有人知道究竟发生了什么。有时候，你不得不等到一切尘埃落定，才能知晓袭击的具体地点、伤亡情况和袭击者的动机等信息。

不知道过了多久，枪声渐稀，我还是不敢上楼，决定先在地下室将就一晚。我躺了下来，却怎么也睡不着，尽管被褥都特别厚，还是抵挡不住地下室的潮湿阴冷和空气中近乎刺鼻的霉味。更让我担心的是无法获知外面的情况究竟如何，一旦武装分子被打退，慌乱中他们会不会翻入我们的院子？如果这种情况发生，我们怎样能逃过一劫？院子里的狗叫个不停，我真担心它的叫声会把武装分子吸引过来。躺在冰凉的被窝里，脑子里想的全是各种最坏的情况，迷迷糊糊中，已是凌晨两点，枪声终于停了。我又向北京发回最新消息：

阿富汗当地时间27日凌晨2点，即北京时间上午5

点30分，发生在首都喀布尔使馆区的袭击事件中止，截至记者发稿时，已听不到交火声。目前，人员伤亡情况不明，尚无组织宣称对此次袭击事件负责。

听不到枪声后，绷着的神经慢慢松懈下来，强撑自己硬挺过来的紧张感也逐渐消退，长出了一口仿佛憋了一晚不敢喘的气，倦意随之袭来，并最终战胜了恐惧，我决定上楼睡觉。蹑手蹑脚地在黑暗中摸到了二楼，轻轻地推开房门，为了能在发生突发情况时迅速脱身，我没有开灯、没有脱衣服，倒在床上睡着了。

迷迷糊糊之中，我做了一个可怕的梦：面目模糊的武装分子端着AK-47，一脚端开卧室的房门，我刚一起身，他迅速窜过来，对着我的头就是一枪托，把我打得晕头转向，我努力想爬起来，却怎么也动不了。过了一会儿，他们把我的眼睛蒙住，带到了一处隐蔽的窝点，忙乱中我抓到了桌上放的一盘玉米粒，希望沿途做个标记，不料被武装分子看到，又是一顿毒打。恍惚中，又传来了一阵"噼噼啪啪"的枪声，我以为是武装分子要对我开枪，想站起身来赶紧跑，却发现虽然身上没有绳子，两腿却已经瘫软，任凭我怎么挣扎，就是动不了。那枪声越来越近，我心里越来越着急，想开口大声喊，却怎么也出不来声，憋闷到了极点，身体不住地来回扭动。我越发心急，想冲开束缚在身上的看不见的枷锁。半梦半醒之间，枪声似乎越来越大，怎么和几小时前地下室里听到的一模一样？不对，这不是梦！就是外面的声音！我瞬间清醒！果然是交火又开始了！此时，天刚放亮，卧室窗前那两棵高大榆树的轮廓已清晰可见。我又跑回地下室，查看监控，外面的街道上依旧空无一人。交火声仍在持续，经历了晚上的折腾，这会儿可能是因为能见度的原因，已经不再像几小时之前那样紧张与恐惧。我壮起胆子，从地下室来到一楼，悄悄地推开房门，到院子里看个究竟。春天的早晨，空气依旧清冷，太阳还没出来，天边飘着一抹红霞。伴随着"嗒嗒""嗒嗒"的枪声，只见我们院子北边不远处的空中不断飘起股股黑烟。过了一会儿又是一声巨大的爆炸，旋即腾起一朵白色的蘑菇云。这阵交火持续的时间并不长，大概半小时不到就已经全部结束。

我和一大早赶过来的摄像欧拜一起走到现场，原来它就在离我们办公室不到500米的地方。直到这时，我才知道袭击者的目标是一家宾馆，这家宾馆是在阿富汗政坛颇具影响力的拉巴尼家族的产业。老拉巴尼，即布尔汗努丁·拉巴尼(1940年9月20日—2011年9月20日)来自阿富汗东北部的巴达赫尚省，曾于 1992—1996年担任阿富汗总统。小拉巴尼，即萨拉胡丁·拉巴尼则是阿富汗外交部长。尽管这家名为"塔希尔"的宾馆曾于2009年被袭击过，但拉巴尼家族强大的势力仍使许多外国人相信，这里是一处相对安全的落脚之地，而外国人聚集在这恰恰是它遭遇袭击的重要原因。毕竟，袭击外国人影响巨大，由此造成的国际舆论压力会令阿富汗政府感到难堪。

在现场，阿富汗内政部负责安全事务的副部长穆罕默德·阿尤布·萨朗基接受了我们的采访，还原了当晚袭击事件的全过程：事发时，4名袭击者，携带一枚火箭弹，3把AK-47突击步枪和一枚RPG[1]来到宾馆外。他们的预谋也是此类袭击常见的套路：先是向宾馆大门发射一枚火箭弹，目的是希望将宾馆院墙炸开一个缺口，并将门口的安保人员炸死，随后袭击者就会从缺口冲入建筑内部，将里面的人开枪打死。只不过这一次，宾馆大门处的安保十分严密，圆柱形岗楼固若金汤，武装分子在发射第一枚火箭弹后并没能成功炸开宾馆大门，安保人员固守在岗楼内，同外面的武装分子交火。阿富汗特种部队与警察闻讯赶来，对武装分子形成了内外夹攻之势。武装分子在进行了激烈的反抗后，终因火力不济，趁着夜黑风高，躲入路旁

1　全称是"便携式火箭助推榴弹发射器"，一种发射火箭弹的便携式反坦克武器。

高大的树木之中，政府军也没有冒险到黑暗中搜寻，而是采取了围而不打的策略，双方的交火暂停。等到清晨天放亮，视线恢复，双方再度交火。这一次，面对阿富汗特种部队的火力，4名武装分子无处躲藏，未能坚持多久，就全部被击毙。酒店内的客人在经历了一夜的惊心动魄后，无人伤亡。事后，塔利班发表声明，宣布对此次袭击事件负责。

瓦济尔·阿克巴·汗区接二连三的恐怖袭击事件给周边的商家心理造成了极大的震动，那天晚上的交火成了压垮骆驼的最后一根稻草，离被袭宾馆不远处的一家中餐馆的工作人员在夜色中匆匆离开了喀布尔，从此再也没有回来。

03 "伊斯兰国"

阿富汗局势在2015年发生了微妙的变化，反政府武装中突然出现了一股彼时在伊拉克和叙利亚势头正盛、兴风作浪的恐怖势力"伊斯兰国"。没有人说得清"伊斯兰国"是何时从伊拉克和叙利亚渗透到阿富汗的，也没有人知道这伙武装分子在阿富汗到底有多少人，只是当地社交媒体上不断流出各种城头变幻大王旗的照片和视频，一些武装人员扔掉塔利班的白旗，举起"伊斯兰国"的黑旗，摇身一变，成了"伊斯兰国"武装人员。

我驻外期间，正值"伊斯兰国"肆虐中东之际，我也见证了这个恐怖组织从崛起到极盛再到衰败直到最后灭亡的全过程。"伊斯兰国"在阿富汗蠢蠢欲动之前，我就已经在伊拉克和他们有过近距离的接触。

2014年10月末，我一到伊拉克库尔德地区首府埃尔比勒，就给线人比扎尔打电话约见面。

当年1月，伊拉克西部安巴尔省重镇、巴格达以西约70公里的费卢杰突然被一个叫作"伊拉克和黎凡特伊斯兰国"[1]的极端恐怖组织攻占，举世震惊。在此之前，它还是无数次宣誓效忠"基地组织"的武装团伙中的一员。攻占费卢杰后，该组织在伊拉克以及正处在内战中混乱的叙利亚攻城略地，势如破竹。6月，"伊斯兰国"已经控制了伊拉克第二大城市摩苏尔，整个伊拉克中部和北部逊尼派聚居区大部分为其所控制。

伊拉克库尔德地区紧邻"伊斯兰国"控制区，距离摩苏尔不远。由于打击"伊斯兰国"战争备受各国媒体的关注，为外国记者联系采访对象、采访现场协调、翻译等工作的"线人"开始走俏。外媒给的工资远远高于当地平均工资水平，因此，会说英语，有点门路的库区小年轻对此趋之若鹜。

我和比扎尔约在当地一家快餐店见面，我坐在餐厅二楼靠窗的座位上，仔细地打量着伊拉克北方的库尔德小城。1991年，库尔德地区实现了事实上的自治，但直到

---

1 Islamic State in Iraq and the Levant, 后改称Islamic State, 即"伊斯兰国"。

萨达姆下台，美国主导制定的伊拉克宪法才规定库尔德地区作为伊拉克联邦的一个政治实体，享有高度自治，在后萨达姆时代伊拉克混乱的局面中，库尔德地区几乎没有受到任何波及，这里成了乱世中的一处难得的避风港，许多伊拉克中部和北部的居民为躲避战乱迁居于此，带来了意外的繁荣，这里到处都是施工现场，高楼大厦不断涌现，像极了国内早年间三线城市的开发区。和线人这一行当一样，建筑业也是一个被战争带火的行业。库区的好处当然不止这些，在埃尔比勒，你完全不需要像在袭击频发的巴格达那样谨小慎微，可以轻松地到外面逛街，吃到尼泊尔人开的不算太正宗但足以解馋的牛肉炒面，随便到商店里买几瓶红酒或啤酒一醉方休，这些都是伊拉克其他地方无法实现的奢求。

比扎尔来到我面前，脸上还带着一点婴儿肥，那时他还是一个高二学生，我让他帮我联系去前线采访的事情，他面露难色，但终究还是应承了下来。经过一个月漫长的等待，就在我即将要离开库尔德地区前，他才打来电话说，可以去前线了。

两天后，我和租车公司的司机一起出发，在指定地点接上据称是库区武装的接头人。此人看起来四十上下，虎背熊腰，上身穿着一件蓝黑条纹的毛衣，外面套着一件黑色的抓绒马甲，腿上穿着一条肥厚的牛仔裤，一上车，就拿着一部老式诺基亚不停地打电话。我一度心中有些忐忑，担心是不是被线人卖给了"伊斯兰国"的接头人。

我们此行的目的地是一个叫作迈赫穆尔的小城，它位于埃尔比勒以南大约100公里，与埃尔比勒和"伊斯兰国"在伊拉克的大本营摩苏尔构成一个三角形。从埃尔比勒出发，一路向南，车子越靠近迈赫穆尔，越能感受到局势的紧张与不安，路上的军车和检查站越来越多，路边随处可见布满弹孔的墙以及装甲车的残骸。

行驶大约一个半小时，进入市区，拐入了库区武装在迈赫穆尔当地的一处办公室。这是一座伤痕累累的建筑，外墙、门框、窗框等布满了大大小小数不清的弹孔。三四个月前，库区武装与"伊斯兰国"在这里爆发了激战，此处一度被"伊斯兰国"占领，但经过两天激战，库区武装又把它夺了回来。

一位负责新闻报道的军官把我们迎进室内，直到看到此处军人进进出出，我才确认自己没有被绑架卖给"伊斯兰国"或者别的武装团伙。落座后，按照伊拉克的规矩先上茶，我们边喝茶，这位军官边在地上摊开一幅巨大的作战地图，用极其简单的英语向我们讲述目前的战况。我注意到屋里摆放着一个一米多高的巨大音箱，不禁好奇，询问得知，这是库区武装在前线播放歌曲用来鼓舞士气用的。

就在库区武装人员向我讲述战况时，外面吵吵嚷嚷地突然骚动起来。我赶紧跑出去看，只见几名库区武装士兵背着枪，押着一个人从外面走进来，让他蹲坐在墙角。"ISIS！"士兵们指着他向我说道。就这样，猝不及防的，我第一次见到了"伊斯兰国"恐怖分子！眼前这个小伙大概20岁出头，眼眶深陷，目光中并没有露出凶狠的恶意，而是略显呆滞，外面穿着一件绿色的上衣，里面是白色的T恤，脖子上挂着阿拉伯红白格头巾，手里还拿着库区士兵递过来的一杯红茶。这样一个在人群中再普通不过的小伙子竟然是极端恐怖的"伊斯兰国"的武装分子！震惊之余，我赶紧叫来摄像拍了一组镜头，但由于种种原因，库区武装方面拒绝了我们采访这名俘虏的要求……

阿富汗东部楠格哈尔省省会贾拉拉巴德50多岁的停车场管理员纳希尔·艾哈迈德也见过"伊斯兰国"武装分子，不过不是俘虏。2015年4月18日，艾哈迈德格外忙碌，当天是波斯历1月的最后一天，当地公职人员发工资的日子。许多军人、警察和公务员来到停车场附近的银行取钱，他们都把车停在了艾哈迈德的停车场。

放完一辆车进院，送走司机，艾哈迈德刚坐在停车场大门口歇歇脚，就看见一个年轻小伙驾着三轮车向银行门口排队的人群急速驶来。和别的人不同，这辆车快到银行时并没有减速停车，而是开足马力冲到了人群中。"砰的一声就炸了！"艾哈迈德坐的白色塑料椅子直接碎成好几瓣，他重重地摔在地上，耳朵里嗡嗡作响，挣扎着爬进了身后的停车场看门小屋。惊魂未定的他赶紧起身，发现自己并没有受伤。他一边念叨着真主保佑，一边向窗外望去。"什么都看不到，空气里全是沙尘。但一片混沌里全是人们的哭喊声。"

尘埃散去之后，艾哈迈德跑出去救人，地上到处都是残缺不全的尸体和满身是血的伤员。既要救人，又害怕恐怖分子会趁乱再次发动袭击，他低着头、猫着腰，把一些还能动的人背到停车场的院子里。

"一辆小推车被气浪掀飞，有个人被压在下面，他的头盖骨都被炸掉了，"艾哈迈德用手抹了抹他的额头说，"我跑过去挪开小推车，脱下他的外套，把他的头盖上。"他比画着拿衣服盖人的动作，"许多人的身体都被烧焦了。还有好多衣服都没了，赤条条地躺在地上。"

"我看到旁边还有一个人，想把他拖进屋里，刚抓起他的手，砰的一声又炸了，我赶紧把人放下，跑回了房间里，但这次爆炸声儿不大，很快我又出去把那个伤者拉进停车场。"眼前的这个瘦小干瘪的小老头居然能有这么大力气，让我很是吃惊。

　　贾拉拉巴德是一座以普什图人为主的城市，它所在的楠格哈尔省是阿富汗最动乱的地区之一。得知这次连环爆炸案伤亡严重后，我、卡里姆、欧拜和司机纳基驾车从喀布尔一路向东，开往这片此前从未踏足的危险之地。

　　喀布尔到贾拉拉巴德这条路，历来是中亚通往南亚最主要的交通要道。古往今来的征服者，从古希腊的亚历山大大帝，到莫卧儿帝国的开创者巴布尔，再到阿富汗杜兰尼王朝的开国君主艾哈迈德·沙，无一不是沿着这条路，从中亚南下，到喀布尔后再一路向东，经贾拉拉巴德，抵达阿富汗——巴基斯坦交界处的开伯尔山口。任何人站在开伯尔山口，都会瞬间理解古代的英雄们来到此地后心中产生的那种征服和建功立业的欲望与冲动：开伯尔山口居高临下，面对的是沃野千里、物产丰饶的南亚次大陆，经历了兴都库什山的苦寒与贫瘠，远征而来的帝王们对眼前温暖富庶的印度河平原自然垂涎欲滴，必欲得之而后快。

　　自古以来，这条路就充满了无数的凶险。它沿途的部落无比凶悍，热爱自由，对一切外来干涉都抱有天生的敌意。这一点，英国人深有体会。19世纪初，英国已经完全控制了印度，它渴望将自己的势力向北扩张；与此同时，俄国人翻越乌拉尔山，谋求向中亚扩张。英俄两大帝国在中亚争夺势力范围的"大博弈"正式在这片古老的土地上上演，而阿富汗就位于这场博弈的最前沿。1837年11月，俄国支持的波斯军队包围阿富汗西部重镇赫拉特，遭到激烈的反抗。英国对此次军事行动非常不安，派出亚历山大·伯恩斯为代表，到喀布尔与阿富汗方面进行谈判，企图与阿富汗建立联盟，共同阻止俄国。阿富汗统治者，巴拉克扎伊王朝的创立者多斯特·穆罕默德·汗要求英方承认阿富汗有收复失地白沙瓦的权力，遭到后者的拒绝，双方立场始终无法转圜。英国人遂将目光投向了此前在阿富汗王位争夺战中败北的沙·舒佳·杜兰尼，企图通过扶持他登上王位的方式控制阿富汗，从而确保英属印度北部的安全，并将俄国的势力范围挡在阿富汗境外。1838年10月1日，英属印度总督奥克兰签署《西姆拉宣言》，英军和舒佳的雇佣军开始向阿富汗进军，第一次英阿战争爆发。英军很快就开进了喀布尔，扶持舒佳上台，攫取了对阿富汗的控制权。阿富汗各地的部落纷纷拿起武装，对英军展开了此起彼伏的反抗，到1841年冬，英国人对阿富汗的统治已经难以为继。12月23日，阿富汗抗英的部落武装首领和英军代表各6人在喀布尔举行会议，此次会议其实只是英国驻阿富汗公使麦克诺顿的缓兵之计，他希望会议的召开能够为英国援军从印度赶来争取到时间。但此计策被阿富汗人识破，会议一开始，英方的代表就遭到与会阿富汗部落首领的袭击，麦克诺顿当场死亡。英国人在喀布尔的处境岌岌可危，只得撤离，英军4500名战斗人员和12000名随军人员于1842年1月6日踏上了从喀布尔到贾拉拉巴德的漫漫征程，等待他们的是险要的峡谷、刺骨的寒冷和沿途吉尔扎伊部落武装的子弹。一周以后，这支16500人的队伍只有1位名叫威廉·布莱顿的军医和他那匹受了伤的马活着走到了贾拉拉巴德。[1]

　　喀布尔到贾拉拉巴德公路在喀布尔城东，平坦笔直，冬末春初的清晨，这里总是笼罩着一层薄薄的沙尘与雾霾的混合物。我对此感到莫名的亲切与舒适，它满足了我对于中亚山国的幻想，也唤醒了我对于童年的记忆。我小时候居住的村子和喀布尔一样，群山环抱。冬天的早晨，山间的雾气弥漫在整个村子的上空，家家户户的炊烟从烟囱

---

1 刘啸虎.帝国的坟场：阿富汗战争全史[M].北京：台海出版社，2017：76-79.

中升起，交融在这白皑皑的雾气之中，这一场景始终深深地印在我的记忆之中。如今在这陌生而又危险的国度，竟又能见到此景，怎能不让人动容。

公路的尽头是喀布尔东部的高山，我们驶入山中，沿着山下喀布尔河峡谷前行。说来也怪，在喀布尔市内经常处于断流干涸状态的喀布尔河，在此处却是水流湍急，它奔涌在这群山之中，水流撞击岩石的咆哮声不绝于耳。此处，正是当年撤退的英军遭到吉尔扎伊部落袭击的地方。据史料记载，吉尔扎伊部落早在英军行至此处之前，就埋伏在峡谷两侧的高山之山。当英国人通过这"一夫当关、万夫莫开"的狭窄谷地时，两旁高山上的石头和子弹瞬间倾泻而下，英军死伤惨重。

我们的车和喀布尔河一起，迎着朝阳，从山谷中冲出来，进入到一片开阔的地带。喀布尔河从狭窄的山谷中冲出来后，仿佛用尽了全部的力气，再也不复峡谷中巨浪滔天的气势，缓缓地在平原上流淌。公路傍着碧绿的喀布尔河一路向东，峭壁林立的山峰逐渐向远处退去，在平原的远方默默地守护着这片土地。这里的山也不似喀布尔周边那样荒凉寂寥、寸草不生，嫩绿的小草和低矮的灌木铺满了整个山坡，显得绿意盎然，生机勃勃。一切看起来都很美好，你绝不会将其与170多年前那场惨烈的撤军联系在一起。

喀布尔一贾拉拉巴德公路

然而，170多年后的今天，这条路依然是全阿富汗最危险的公路之一，包括塔利班在内的反政府武装就盘踞在远处的高山之中，沿途曾多次发生爆炸、枪击和绑架事件。我一向自诩运气不错，躲过了喀布尔一次次的袭击事件，那天竟然也和死神擦肩而过。我们的车行驶到左前方出现一个碧绿的湖泊时，后方突然传出"啪"的一声。那一声若在别处，恐怕没有人会意识到这四下无人的空旷地带会有枪声，而对于阿富汗人来说，喀布尔到贾拉拉巴德公路两旁的一声响，几乎可以百分百迅速断定那就是开枪的声音。前一秒还有说有笑，嚷嚷着要去前方看大湖的4个人，立时心领神会，谁都不再开口，车内迅速安静了下来。纳基一脚油门踩到底，车子瞬间向前窜出去好几百米，我们加速前进，飞驰在湖边公路上，谁都顾不得欣赏窗外翡翠般澄明翠绿的湖，卡里姆低下头来看手机，欧拜坐在副驾上，眼睛直直地看着前方，我摸了摸胸前的安全带，确认它牢牢地系在身上，司机紧紧地握住方向盘，眼睛不时地瞟向左右两侧的后视镜。车里的4个人都明白，如果有人要袭击我们，一击未中后，极有可能驾车追赶，我们乘坐的这辆白色丰田4runner越野车的车速就是决定四个人能否逃出生天的关键！

车在曲折的道路上狂奔，除了风噪声，车内就只剩下司机手掌摩擦方向盘的声音。疾驰了10分钟左右，发现后方始终没有车辆尾随，大家都松了一口气。过了一会儿，卡里姆翻看手机后跟我说，刚才那声枪响，袭击的目标是我们后面车中的一位国会议员，所幸并未击中，议员和我们一样躲过一劫。直到现在，一想到那天的情景，我仍觉得后怕。那天真的是幸运，假如我们的车再慢一点，和那位议员的车距再近一点儿，就极有可能被子弹击中。如果袭击者事先在路上设置障碍，阻止车辆通行，我这样一张外国面孔就很可能遭到绑架，成为他们索要赎金的人质。好在一切都没有发生，我们加速向贾拉拉巴德驶去。

快要进入贾拉拉巴德城区时，才发现这里和喀布尔完全不同：喀布尔到处都挂着塔吉克族军阀马苏德的画像，而贾拉拉巴德道路两旁建筑上挂的照片却是一张张陌生的面孔。与喀布尔昏暗的主色调不同，贾拉拉巴德色彩鲜明，市中心的楼房大多被刷成或蓝或红等明快的色彩，由于靠近巴基斯坦，这里的建筑风格更加南亚化。

爆炸发生在一栋四层楼的门口，我们赶到时，仍能见到斑斑血迹，除了楼前的一株槐树，一楼的银行已经面目全非，只剩下一张"新喀布尔银行贾拉拉巴德第二分行"的招牌在风中摇曳，整栋建筑所有的玻璃全部被震碎，二

贾拉拉巴德是一座色彩明快的城市，南亚风格明显

楼的药店货柜倒在地上，药品散落了一地。附近的商家已经开始着手清理地上的碎玻璃和家具，准备恢复营业，距离此处不远的巴扎里人头攒动，好像什么都没有发生一样。

这次爆炸袭击共造成35人死亡，125人受伤，是阿富汗官方正式确认的极端组织"伊斯兰国"在阿境内发动的第一起恐怖袭击事件。

阿富汗东部靠近巴基斯坦的边界地带，山高林密，如无熟人带领，外人根本无法涉足，再加上阿巴两国边界线"杜兰线"是当年英国殖民者随意划设，未被阿富汗政府承认，两侧又都是同文同种的普什图人，往来极为密切，两国中央政府对这一边境地区的掌控极弱，这里成了各种武装分子藏匿的理想地点。因此，楠格哈尔省成了"伊斯兰国"组织在阿富汗的大本营。

袭击者的脚步并没有止于贾拉拉巴德，他们的活动范围日益扩大，首都喀布尔也成了"伊斯兰国"各种爆炸、袭击，扩大自身影响力天然的选择。在潜伏了一年之后，2016—2018年，该组织在包括喀布尔在内的阿富汗多地发动了多起爆炸袭击事件，造成众多人员伤亡。

　　与此同时，"伊斯兰国"在叙利亚和伊拉克逐渐走向终局。 2016年8月，"伊斯兰国"早已没有了两年前的嚣张和咄咄逼人，费卢杰——这座第一个陷入"伊斯兰国"手中的城市，已被伊拉克政府成功收复。

　　我曾于2014年10月探访过离费卢杰只有三四十公里的阿布格莱布，两年后当我再次踏上这片多灾多难的土地时，已经完全没有当初的纠结与恐惧。阿布格莱布就像是车窗外一座普通的伊拉克小城，不会勾起人们丝毫的关注。曾经军方因为安全考虑只让拍摄10分钟的菜市场，如今不过是车窗外一闪而过的一点记忆而已。爆发过美军虐囚丑闻的阿布格莱布监狱，依旧孤零零地矗立在路边，像是在诉说2003年那场战争对整个伊拉克局势的无尽的影响。

　　我们没有在阿布格莱布停留，沿着公路，直接开到了费卢杰。由于刚被政府军收复没多久，排雷排爆工作仍在进行，居民都还没返回，费卢杰没有任何人，安静得像是一座死城。入城不远有一座小公园，里面有一个小型的橙色摩天轮，静静地站在那里，一动不动。

　　虽然有橙色的摩天轮和清真寺蓝色的穹顶，但土黄色和黑色才是这里的主色调，土黄色是建筑的本色，黑色则是战争涂抹在建筑外的装饰色。清真寺斜对面一幢两层小楼，主体结构还在，但已被烧得通体全黑，门窗早已不见踪影，水桶瘪了、楼梯扶手断了，零零散散地堆了一地。旁边还有一栋房屋，只剩下一扇巨大的水泥屋顶趴在地上，房顶上曾经的广告牌只剩下了支架。墙体都被压在倒塌的屋顶下面，混凝土内的钢筋被巨大的压力挤了出来，向四面八方杂乱地弯曲伸展。道路两旁的路灯有的依旧笔直地立在那里，有的已经歪歪斜斜，还有的被拦腰斩断，趴在了地上。

在一处破坏最严重的巷口，其景象恰似末日般的存在。巷子两旁的建筑上不是子弹的小孔，而是炮弹击中后留下的大洞，房屋外墙的土大块大块地被炸下，像是浑身皮肤溃烂的病人。地上到处都是残垣断壁、石头瓦块。巷口处横着一个路灯杆，压在一块床垫上，左边堆着两辆摩托车、一辆儿童自行车和一件粉色的棉服，不知道居民避难时没来得及带走还是武装分子逃跑后仓促留下的。巷子中间停着一辆小轿车，车身已经被烧的只剩下铁皮框架，上面全是密密麻麻的弹孔。

费卢杰的城西，碧绿的幼发拉底河静静流淌。千百年来，它见证了这片土地上无数的战争与和平。在费卢杰肆虐了两年多的"伊斯兰国"，在它的眼中，不过是一朵不起眼的浪花，终将消弭在历史的长河之中。

在阿富汗，"伊斯兰国"不断发动恐怖袭击，但始终未能掀起大风大浪。一方面，作为外来组织，它一步步蚕食塔利班的地盘、挖塔利班的墙角，引起了后者高度的警觉。作为阿富汗境内众多反政府武装中当仁不让的老大，塔利班绝不会容忍卧榻之侧有他人酣睡，双方多次在楠格哈尔省等地发生激烈冲突；另一方面，美军在阿富汗18年的经营使它的情报网精确地覆盖到阿全境的各个角落。继2015年2月炸死"伊斯兰国"阿富汗地区二号人物阿卜杜勒·拉乌夫·阿里扎之后，2016年8月，美军又宣布炸死"伊斯兰国"阿富汗地区头号人物哈菲兹·赛义德·汗。他的继任者谢赫·阿卜杜勒·哈希卜则于2017年4月在一次美军与阿富汗特种部队的联合军事行动中被打死。

国际社会和地区国家的猛烈打击使"伊斯兰国"在伊拉克和叙利亚逐渐销声匿迹，它在阿富汗已是强弩之末，对整体局势影响非常有限。只不过，它仍具备发动恐怖袭击的能力，这就苦了普通民众，无缘无故成了它发动的各种袭击的牺牲品。

战后费卢杰的"死亡街巷"

04 奥马尔之死

　　每天中午，我们办公室的保姆拉希玛都会在厨房里忙活，准备雇员们的午饭。拉希玛20多岁，哈扎拉人，总是喜欢穿一身黑衣服。如果是在农村地区，她早就过了结婚的年龄。好在喀布尔这样的大城市相对包容，而且，由于近年来结婚的彩礼和婚礼花销节节攀升，许多小伙子负担不起，阿富汗年轻人结婚的年龄也逐渐增大。即便如此，在阿富汗这样的东方社会，同中国一样，大龄青年的婚姻总是人们关心的话题。拉希玛虽然嘴上不说，我们都替她着急。我打趣说要介绍个中国小伙给她认识，她就微微一笑，躲入厨房。

　　在阿富汗，保姆和佣人是有钱人家里的标配。有一次，我去采访国会议员舒克莉亚·巴拉克扎伊，出生于喀布尔贵族家庭的她活跃在阿富汗政坛，担任国会议员多年。某一天上班的路上，有人驾着一辆满载炸药的车截停了她，袭击者引爆炸药，当场造成9人死亡，巴拉克扎伊受伤住院。走进她家的客厅，枣红色的当地实木家具和青金石桌面的茶几，无一不在向我们展示巴拉克扎伊家雄厚的财力。我们坐在沙发上，排队等候她见完上一拨客人，这时，一位年轻的埃塞俄比亚女佣端着茶盘走过来，将一杯红茶摆到我面前的茶几上，尽管我知道巴拉克扎伊家境优渥，但外国女佣的出现依然让我有些震惊，她看起来大概只有20岁，化着精致的妆容，脖子上还披着一条红色的纱巾。欧拜和我一样吃惊，只是他震惊的角度和我的不太一样，采访结束后，他走过来跟我说："你看她家女佣穿的上衣，领口那么低，这不合我们这里的规矩。"我看了他一眼："这是在人家家里，人家爱怎么穿就怎么穿啊。"他没再搭话。

在我们办公室，一屋子都是男人，拉希玛很少摘掉头巾。她厨艺并不算高明，我看她每天忙活最多的就是摘菜：薄荷、小葱、韭菜，挑出烂叶、掐去黄尖，辣椒、黄瓜洗干净，切成条状，再把这些摆满一盘，做成一道简易的沙拉。除此之外，就是在一个铝罐子里炖土豆西红柿，日复一日都是如此。我原本想让她帮我做午饭，但看到她做早餐时只会煎蛋，复杂的中餐显然不是她能够掌握的，就打消了这个念头。

2015年7月29日本是平常的一天，拉希玛一如往常，在厨房里摘菜。我也在准备做饭。此时，英国广播公司一条突发新闻瞬间打破了所有的宁静：阿富汗塔利班领导人毛拉·奥马尔死亡！

这是一条重磅消息，作为影响阿富汗局势的关键人物，奥马尔的一举一动都牵动着世界媒体的神经。很快，我的电话就被后期编辑部门的同事打爆。当时，无论是阿富汗政府，还是塔利班，都没有正式公布这一消息。说来也巧，当天下午阿富汗总统府召开记者会，原本是要通报总统加尼出访成果，却成了众多中外媒体记者拷问奥马尔消息的一次"狂轰滥炸"。面对媒体的长枪短炮，阿富汗总统副发言人扎法尔·哈希米表示，阿政府已经注意到媒体的报道，但官方"既不否认也不确认此消息"，他同时表示阿政府将就奥马尔死亡事件展开调查。有记者对这种模棱两可的回答不满，逼问说媒体是援引阿政府内部消息人士的话说奥马尔已经死亡，被大家问得不耐烦的哈希米回复道："作为总统副发言人，我说的话就代表政府的立场，没有人比我的消息更加权威！"

这种既不承认也不否认的回答并没有打消媒体的疑

虑。相反，大家更倾向于认为，既然政府没有断然否认，那这事儿估计也就八九不离十了。当天下午，又有几家当地媒体爆料说奥马尔已经死亡。在阿富汗，塔利班始终神秘莫测，各家媒体消息来源又鱼龙混杂，此前几年奥马尔已经"被死亡"过多次，这一次究竟是真的死亡还是又一次假消息，一时谁也无法说清。

当晚八点左右，我正在搜集各种消息时，卡里姆打来电话，兴奋地说，阿富汗政府方面正式向外界宣布，塔利班领导人奥马尔已于两年前，即2013年4月23日在巴基斯坦死亡。第二天，塔利班方面也确认了这一消息。至此，奥马尔死亡的消息彻底得到确认。

毛拉·穆罕默德·奥马尔是阿富汗当代史上绕不开的一个人物。尽管频频出现在媒体的报道中，但外界对其知之甚少。这个出身寒微、其貌不扬的宗教人士，早年间如同他们那一代许多阿富汗男人一样，加入到了抗击苏联的游击战之中，在那个群雄并起的年代，和其他穆贾希丁[1]的领袖相比，他并没有闯出什么名堂，始终籍籍无名。没有人能够想到，就是这样一个人，在苏联从阿富汗撤军后的

---

1 意为"参加圣战的人"，在阿富汗，特指当年参加抗苏游击队的队员。

军阀混战时期,举起宗教的大旗,振臂一呼,拼凑南方普什图人组成武装团伙,在短短两年内,一路北上,先后击败了多位实力雄厚的军阀,问鼎首都喀布尔,建立政权,统治了阿富汗大部分地区。"9·11"事件发生后,他拒绝了美国小布什政府要求引渡彼时藏匿在阿富汗的"基地"组织头目本·拉登的请求,美国随即对阿富汗发动了军事行动。在美军的强大攻势与反塔利班的北方联盟地面部队的配合下,奥马尔未能像此前击败其他军阀那样游刃有余、绝处逢生,短短几个月,他就连同塔利班的大部分成员,躲入了阿富汗与巴基斯坦接壤的高山峡谷与密林之中。从此,他成了遥控指挥阿富汗各地各种爆炸袭击与游击战的幕后主使,虽然不见其人,但他的名字却如雷贯耳,频频出现在世界各大媒体的报道中。

奥马尔的死讯公布后,毛拉·曼苏尔继任塔利班领导人。外界对于曼苏尔同样知之甚少,我们在报道时搜遍了各种渠道也仅仅找到了一张他的照片而已。我想找人了解一下具体情况,在喀布尔,有数量庞大的政治分析人士,他们有的是记者、有的是国会议员、有的是大学教授,研究的领域多样,很多人都能说流利的英语,但谈论塔利班问题,我还是更愿意倾听瓦希德·穆支达的观点,他曾供职于塔利班政权"外交部"，至今依然与塔利班部分领导人有联系，被常驻喀布尔的外国记者视为是了解塔利班动向和内部运作的一位重要政治分析人士。

穆支达的小院在喀布尔一处不起眼的居民区，院中有几棵碧绿如茵的桑树，沿着院墙种满了各种鲜花和绿草，显得生机勃勃。他在桑树下方用芦苇搭建了一座凉亭，即使是在烈日炎炎的夏日午后，凉亭里依然凉风习习。60多岁的穆支达头发花白，说起话来慢条斯理，一派文人气息。他告诉我说，塔利班1994年自阿富汗南部坎大哈崛起后，曼苏尔一直负责该组织的工程与机械，尤其是武装直升机与战斗机方面的工作。塔利班攻占喀布尔并开始在全国掌权后，曼苏尔担任塔利班政权的"民航与交通部长"。在此期间，穆支达与曼苏尔经常在外交部会面，两人彼此十分熟悉。据穆支达回忆，塔利班在喀布尔刚掌权时，原政府各部门的公务员几乎都被解雇，换上了塔利班自己人，这些人根本不懂行政事务，致使政府各部门几近瘫痪。曼苏尔掌管的民航与交通部却没有那样做，许多原部门的人依然留任，该机构也因此得以正常运转。2010年，曼苏尔开始担任塔利班的二把手，辅佐奥马尔。穆支达认为，在曼苏尔担任二把手后，塔利班开始对和平手段解决阿富汗问题有所回应，2013年，曼苏尔力促塔利班高层同意在海湾国家卡塔尔开设一个政治办事处，用来与外界进行沟通交流。穆支达说，相比于奥马尔，曼苏尔更有可能给阿富汗和平带来一丝希望。

但很快，曼苏尔就用实际行动证明了他这位老朋友的话并不那么靠谱。8月7日凌晨，熟睡中的喀布尔建材店老板胡沙勒被一声巨大的爆炸声吵醒。对于喀布尔人来说，这本是一件司空见惯的事情。他睁开眼，看看家人们都安然无恙，就倒头想接着睡。这时，床边的手机突然响起，让他打了一个激灵，迅速从床上坐了起来。深夜来电，在世界任何地方都不是一件好事，更何况是在喀布尔。事实和他预料的一样，电话是他家店铺看门人打来的，后者带着哭腔，说胡沙勒家位于喀布尔城东南部的沙赫·沙希德区的建材店被炸了，他自己也受了轻伤。挂了电话，胡沙勒和他爸连夜赶到了店里。

胡沙勒开车赶到店里的时候，就看到这样的景象："当时整条街一片漆黑，我们只能打开车灯，那一瞬间我觉得自己是在梦中走进了地狱。空气中全是灰尘，路上很多尸体。受伤的人或倒在地上，或坐在那里，有的断了腿，有的头破血流，所有人都在歇斯底里地哭喊。"这个一头卷发，能说流利英语的年轻人向我们回忆起当时的情景。

　　同样被现场惨烈场景震撼到的还有我。我那时已经在阿富汗生活了7个多月，经历了各种各样大大小小的爆炸，但这次爆炸的威力还是让我感到震惊！我们的车刚驶入爆炸地外围的街道，就看到整个街道两旁林立的店铺几乎全部被毁。有一栋两层的商场，建筑的外墙连同门和窗已经全部被炸碎在地，只剩下几面承重墙在支撑着。门口停放的两辆轿车也未能幸免，已然成了无法修好的报废车辆。胡沙勒家的店就在商场旁边，也是一栋二层小楼，门窗全部不翼而飞。他站在这栋四合院式的楼房的天井中，正在清理碎石瓦块，旁边停放的四辆小轿车已完全变形。二楼的一间房垮塌，楼梯的铁护栏东倒西歪，地上全是石块和玻璃，没有可以下脚的地方。

　　他家门店的斜后方就是爆炸发生的地点。当晚，武装分子载着满满一卡车炸药，在此处的美军特种部队营地墙外引爆了车上的炸药。爆炸中心点被炸出一个直径大约10米、深达6米的大坑。胡沙勒无奈地看着我说，自己作为喀布尔人第一次见到规模这么大的爆炸。

　　拍摄完这起爆炸后，我赶回办公室发稿。晚上8点左右，又传来消息，喀布尔警察学院发生袭击事件。

　　喀布尔警察学院，坐落在洲际酒店山脚下，是塔利班

2015年8月7日喀布尔爆炸，现场一片狼藉

最钟爱的袭击目标之一。司机载着我前往事发地。夜晚的喀布尔，车辆与行人极少，街道旁的店铺点着稀稀疏疏的灯，显得冷冷清清。到了警察学院附近，警方已经把路封锁了，只让我们从旁边小道走，走到前方一个路口又被警察拦住，说只能再拐入一个小道绕行过去。于是我和欧拜两个人扛着机器走在伸手不见五指的荒地里，风很大，偶尔过来一辆车，借助大灯的光看到我们走在一片墓地里，不禁毛骨悚然。多年以后，我可能不会记得在喀布尔的许多情形，但这个伸手不见五指的夜晚，走在战乱国家的一片墓地中，必然会是永远难以忘掉的场景。我们穿过墓地，又拐入一处小巷，出来之后，终于来到距离事发地不远的主路上。警察还是不让我们接近核心现场，只能在外围拍一些警车、救护车、消防车等呼啸而过的场景。

在这里，我又遇上了早上在军营爆炸拍摄的各路记者同行，由于无法拍到真正的现场，大家都很沮丧，百无聊赖地坐在地上闲谈，这些阿富汗记者和我一样，前一夜都没怎么睡，看起来都面带倦意。正当大家等待警察局长出来通报情况时，远处突然又传来一声巨响，所有人都拿起手机，通过各种渠道联络，得知是喀布尔机场附近一处北约驻军基地发生爆炸袭击，这是当天发生的第三起袭击事件。

　　我们这批记者从警察学院直接坐车赶往那里。远处，华灯初上，家家户户亮着灯，从山脚一直延伸到山顶，像极了天空之城。近处，路上漆黑一片，街边偶尔有一两处路灯，挂在灯杆上晃来晃去。由于爆炸之后现场有交火，而且事发地是对外保密的北约军事基地，警方在离现场几公里远的地方就将我们拦在路上。这时候狂风大作，黑灯瞎火，街上一个行人都没有，气氛显得有些诡异，不知道这黑暗之中暗藏着多少杀机，感觉我们随时都会被它吞噬。在等待的过程中，头上不时有直升机飞过，不远处的黑暗中传来阵阵枪响，偶尔夹杂着一两声狗叫，阿富汗军方出动了架着机关枪的越野车，从远处向我们驶来，初时，它们的车灯看上去像黑夜中的点点繁星，让身处黑暗之中的我们有了些许安心。渐渐地，星星越来越大，越来越亮，到最后，这些装甲车在我们身后一字排开，耀眼的大灯像探照灯一样打在身上，我们就像是猎场里被围捕的猎物。

　　记者们纷纷穿上防弹衣，随时准备进入交火地带，但多次争取，都未能得到军方的许可。我们一直等到夜里两点多，确认不会有什么消息后，才离开。离开的时候，一弯新月，静静地挂在天上，远处的枪声使得喀布尔的夜显得愈发安静。

　　后经核实，8月7日这一天三起爆炸事件共造成了50多

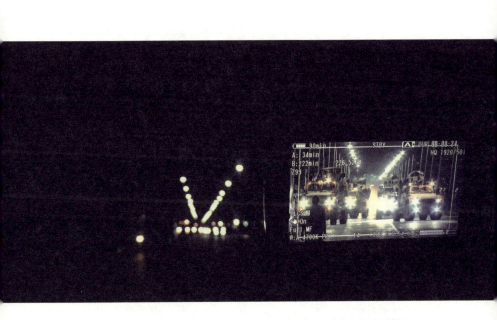

　　喀布尔之夜，远处星星点点的灯光，通过摄像机镜头拉近，才发现是军用越野
车的灯光

人死亡，约500人受伤。塔利班已经宣称对晚上两起袭击事件负责，但没有认领第一起。阿富汗当地舆论则普遍认为，第一起应该也是塔利班所为，只不过伤亡平民太多，他们按惯例不愿承认罢了。

在曼苏尔当选塔利班领导人后，外界对于这个神秘组织能否继续运转持有怀疑态度，而且有传闻说塔利班内部已经出现了裂痕，分成了不同的派系，曼苏尔并没有奥马尔那样的魅力和掌控力，如同任何此类组织第一代领导人去世后该组织必然发生分裂的命运，塔利班这次恐怕难逃一劫。而曼苏尔用一天之内的三次爆炸对此做出了自己的回应，袭击的目的一是向阿富汗政府宣告，塔利班新领导人依然有实力随时在喀布尔发动袭击；二是转移塔利班内部因奥马尔去世而产生的派系矛盾；三是为了笼络塔利班内部好战派的人心。一石三鸟，手段不可谓不高明。

这些爆炸究竟在多大程度上巩固了曼苏尔的地位，塔利班内部在后奥马尔时代产生了多大的裂痕，各派之间发生了怎样的争权夺利，这些都不得而知，外界零星的报道和解读则普遍带有一丝捕风捉影。

当然，曼苏尔恐怕怎么也不会想到，担任塔利班最高领导人仅仅一年，他便死于美军无人机之手。2016年5月22

日，塔利班向外界确认其第二任领导人毛拉·曼苏尔在美军对巴基斯坦阿富汗边界线巴方一侧的空袭中死亡。

2019年11月20日下午5点左右，我经常采访的、曼苏尔的朋友瓦希德·穆支达在前往俄罗斯驻阿富汗大使馆附近的一座清真寺途中被不明身份人员枪杀。

05　恐怖袭击的目的

尽管恐怖袭击在全球范围内没有统一明确的定义，但毫无疑问，是否带有政治色彩和政治诉求是区别恐怖袭击与普通刑事案件的重要标准。每起涉恐性质的爆炸，自有目的，必有原因。

恐怖袭击的目的通常是报复、暗杀、制造轰动效应，对政府施加压力。

比如伊拉克首都巴格达，后萨达姆时期，城市里的爆炸多半是教派间的互相报复。在2014—2017年，那里的爆炸袭击通常都是在政府军打击"伊斯兰国"取得进展的节点性事件之后发生的，这是武装分子对政府军在正面战场取得胜利后的报复行为。武装组织在战场取得节节胜利时，恐怖袭击就很少发生，因为正面战场取胜，它就无须采取这种极端的行为去报复。

　　暗杀通常是定点清除某个对武装分子具有明显威胁的目标，比如2015年3月18日发生在喀布尔的一起自杀式爆炸，目标是阿富汗南部乌鲁兹甘省警察厅厅长马提乌拉·汗。当晚8点左右，汗在喀布尔第六区走路，突然有一个人走到他跟前，引爆了身上的炸弹背心，将其炸死。马提乌拉·汗是乌鲁兹甘省最有权势的政治人物之一，炸死他就清除了塔利班在阿富汗南部一名强劲的对手。

　　要想成功实施暗杀，可靠而准确的情报必不可少。在阿富汗，塔利班与普通民众的生活并不是对立的双方，而是互有交集，有密集的往来。正如同有的家庭中既有当警察的哥哥，也有成为罪犯的弟弟一样，在阿富汗，一家人因政见不同，家中有当兵的哥哥、塔利班的弟弟这种情况并不鲜见。在他们眼中，塔利班成员并不是什么十恶不赦的恐怖分子，而更像是一名离经叛道、误入歧途的年轻人，家人对其多半是无可奈何，不会将其视为仇敌。2018年开斋节期间，阿富汗总统阿什拉夫·加尼宣布军方停火三天，此举得到了塔利班的回应。在双方停火期间，缠着黑色头巾的塔利班武装人员瞬间就出现在全国各地的大街小巷，与警察、军人等热情拥抱，共同庆祝开斋节，甚至就连阿富汗内政部长瓦伊斯·艾哈迈德·巴尔马克也出现在了和塔利班武装人员的互动现场，一时之间大有民族和解、亲如一家的感人场面。三天之后，加尼宣布政府将延期停火，此举遭到了塔利班的严词拒绝，前一天还彼此拥抱的"民族兄弟"，转眼之间又成了化玉帛为干戈的仇敌。

正是这种你中有我，我中有你的局面，使得塔利班人员的情报一向较准，能够非常轻松地联系到他们想要联系的人，或者清楚地知道袭击目标的动向与路线图等信息。反情报工作也同样灵活，美军或北约部队对他们的打击时不时会被提前侦察到。

恐怖袭击的另一个目的就是制造轰动效应，向政府施加压力，使民众对政府失去信心。通常来说，阿富汗塔利班每次袭击目标都非常明确，就是阿富汗政府官员、军人、警察和外国人等。袭击政府官员和军警等目标，是因为他们本来就是塔利班的敌人，而袭击外国人则能够扩大事件的影响力，在国际上形成舆论，从而对阿富汗政府形成压力。塔利班通常不会袭击平民，但由于攻击目标的移动性，以及爆炸的不可控性，难免会殃及池鱼，几乎每一次，无辜的民众都会受到这种爆炸袭击的波及，使民众对于政府无力保护自己而感到愤怒。

为了制造轰动效应，武装分子还会采取"二次袭击"甚至是"多次袭击"的方式来扩大伤亡。所谓"二次袭击"，指的是第一次袭击发生后，武装分子在围观人群中再次引爆炸弹或者开枪射击。由于第一次袭击后现场会迅速聚集大量警察、军人、救护人员、记者和围观群众，所以二次袭击造成的伤亡往往很重大。2018年4月30日早8点左右，阿富汗国家安全局一处办公室附近发生爆炸，大约半小时，当人群聚拢过来后，另一位袭击者伪装成记者混入了媒体拍摄区，引爆了身上的炸药，造成了9名记者和摄像死亡，其中不乏我熟悉的年轻面孔。

我在阿富汗工作的近一年时间里，报道过大大小小数十次爆炸袭击事件。对于常驻阿富汗的记者而言，去爆炸现场就如同在别的国家参加新闻发布会一样稀松平常。它并非没有危险，只是去的次数多了，难免放松警惕，我给自己的心理暗示就是毕竟我们是在爆炸发生之后才到现场，这时候危险已经过去。"4·30事件"针对记者的二次袭击，彻底粉碎了我当初的自我安慰，让人后怕。假如当天我在现场，恐怕也是凶多吉少。爆炸现场人员混杂、情况复杂多变，即使再有经验的记者，也难以完全掌控。有时候，死生一线，平安与否，全凭运气。

第二章

政治乱局

06　总统大选

　　我在阿富汗度过了两个夏天，第一次是在2014年。那一年，除了各种爆炸袭击，人们谈论最多的就是正在举行的总统选举，其一波三折、跌宕起伏的剧情堪比任何一部以政治与计谋为题材的电视剧。那一年夏天，对于阿富汗媒体和常驻阿富汗的外国记者来说，无疑是极其繁忙的季节，除了应付各种突发事件，还要在阿政府各机构之间疲于奔命：今天是一位候选人团队的新闻发布会，明天是另一位候选人团队的记者招待会，后天是独立选举委员会的情况说明会；今天有候选人支持者上街游行，明天有卡车司机罢工要求选举纷争尽快结束，后天有种葡萄的果农对着镜头抨击选举导致的政府关门让自己一年的辛苦化为乌有。记者们每一天都必须保持打鸡血的状态，才不至于被各种信息汇成的洪流冲垮。

　　按照宪法规定，时任阿富汗总统卡尔扎伊的任期到2014年截止，大选投票日定在2014年4月5日。2013年9月16日到10月6日，有意参选的总统候选人开始登记，最初有27人宣布参与角逐，但经阿独立选举委员会审查，其中16人不符合条件。至选举前，又有3人宣布放弃参选，最后共有8人参与到总统宝座的角逐中。正式投票开始之前，按照美国一手打造的战后阿富汗政治生态模式，候选人们进行了三轮电视辩论，而且也同美国一样进行了民意调查，结果显示曾担任北方联盟外交部长的阿卜杜拉·阿卜杜拉和从美国归来的独立候选人阿什拉夫·加尼领先其他6人。阿卜杜拉是已故北方联盟军事首领马苏德的顾问，竞选搭档是哈扎拉族军阀穆罕默德·穆哈齐克，担任过世界银行顾问与美国约翰斯·霍普金斯大学人类学教授的加尼则找到了乌兹别克族军阀阿卜杜勒·拉希德·杜斯塔姆作为竞选搭档。

　　4月5日投票开始。

　　5月15日，大选结果出炉，结果与民调吻合，没有任何一位候选人获得超过一半的选票，得票最多的两位候选人——加尼和阿卜杜拉进入下一轮的角逐。

　　6月14日举行了第二轮投票。

　　第二轮投票后刚5天，6月18日到19日，在第一轮投票中得票最多的阿卜杜拉连续两天召开发布会，指责独立选举委员会的二号人物阿玛海尔在选举当天，违规将12箱空白选票私自运出独立选举委员会总部。而且，投票人数也没有独立选举委员会公布的700万人之多，阿卜杜拉宣布将自己的选举观察员撤出独立选举委员会的计票现场，拒绝接受计票结果。

6月21日，阿卜杜拉的支持者在喀布尔举行了大规模的示威抗议活动。

6月末，网上又爆出了几段选举舞弊的视频，其中有一段据称是拍摄于大选当天，有人将空白选票整箱地搬到喀布尔的一座山上，一群人围坐在票箱旁边，填写、打钩、盖章，就像生产纸张的流水线一样，画面中甚至还能看到持枪的士兵。另一段视频当中则是几个孩子，他们的手指都涂上了选举完成后选民蘸的蓝墨水，视频拍摄者问他们是否参加了投票，他们说是。又问他们几岁了，他们说自己9岁，而根据法律规定，18岁以下的儿童是没有资格参与投票的。更为严重的是，阿卜杜拉团队指责第二轮投票为"系统舞弊"，不仅是选举工作人员，就连警察、军人甚至是武装分子都牵扯其中。

7月1日，阿富汗独立选举委员会公布，原定于7月2日公布的第二轮计票结果将推迟宣布。

7月7日，总统大选第二轮结果公布：阿独立选举委员会本轮共收到选票8109493张，其中7947527张有效。阿什拉夫·加尼得票4485888张，得票率为56.44%，阿卜杜拉·阿卜杜拉得票3461639张，得票率43.56%。在当天的发布会上，独立选举委员会主席努里斯坦尼承认在大选中存在舞弊行为。而阿卜杜拉一方在此前一天已经明确宣布，不接受此次选举结果。

7月8日，阿卜杜拉的支持者再次走上街头，举行示威抗议活动。

7月11日凌晨，时任美国国务卿约翰·克里抵达喀布尔，调解此次选举争端。

7月12日深夜，克里与阿卜杜拉、加尼一同出席发布会，宣布将对大选第二轮投票的所有选票重新进行审计。

7月17日，选票重计工作开始。

7月20日，阿卜杜拉与加尼的竞选团队对于部分选票是否违规产生分歧，选票重计工作暂停。

8月3日，选票重计工作再次开始。

8月7日，美国国务卿约翰·克里再次访问阿富汗，调解阿卜杜拉和加尼之间的选举争端。当天下午，克里举行新闻发布会，通报访问成果。我那时刚到喀布尔不久，吃过午饭，就和欧拜前往离办公室不远的联合国驻喀布尔办事处。喀布尔所有重要建筑物均有一段独特的历史，这座联合国驻地同样发生过惊心动魄的故事。1989年2月苏联军队完全撤出阿富汗后，面对全国各地游击队的进攻，阿富汗政府军无力招架。苏联解体后，时任阿富汗总统的穆罕默德·纳吉布拉失去了最后的强援，陷入内外交困的境地，于1992年4月16日宣布卸任，将权力移交给由4名副总统和4名高级将领组成的联合委员会。纳吉布拉准备乘飞机出逃印度，但在去机场的途中被游击队员拦截，无处可逃的纳吉布拉只好躲入联合国办事处的营地，由此开启了诸军阀逐鹿首都喀布尔的时代。纳吉布拉未曾想到的是，4年后，主宰喀布尔的早已不再是当年军事实力雄厚的军阀，而是他从未听说过的一支武装——塔利班。1996年9月27日，纳吉布拉被塔利班从该联合国办事处拖出，虐待至死。

在联合国驻喀布尔办事处门口，持枪的外国安保人员对我们进行了仔细的搜身检查，设备逐一过安检仪扫描；进入院门之后，前面又是一道大门，我们被挡在门外，安保人员将记者们随身携带的摄像机放在地上，摆成一排，牵来警犬逐一嗅闻。随后，又要求摄像当面开机，确认摄像机功能正常，内部未安装炸弹后，才将我们放行。进入第二道大门后，我们来到了新闻发布厅的大门，在门口，再次被严格地搜身，确保万无一失后，我们才在安保人员的严密监视下，一一走进新闻发布会的现场。那是我第一次近距离地见到两位总统候选人与美国国务卿克里。步入新闻发布厅时，阿卜杜拉走在前方，加尼随后，克里接过助理递过来的话筒，第三个出场。阿卜杜拉是我见过的最帅的阿富汗男人，穿着一身灰色的西装，目光坚定，神采奕奕、派头十足；加尼头发稀疏，身材略矮，穿一身白色的传统长袍，他目光敏锐，眼神中闪着精明和狡黠；克里一头银发，身材高大，举手投足之间透着一股美国人特有的自信与从容。我第一次见到这种大场面，不免心情激动，觉得传说中的"大新闻"就在眼前。阿卜杜拉首先用达里语发言，接着用普什图语重复了一遍，在阿富汗，这两种语言都是官方语言，重要场合必须同时使用。他声音洪亮、文质彬彬，让人很难相信他曾半生戎马，在阿富汗山间从事游击战争。加尼发言时，语速极快，音调尖锐、思路清晰。他说双方商定，希望到8月底时，选票重计工作结束，新总统能够就职。克里最后发言，他说话慢条斯理、从容自如，同时信息量较大，据他透露，选票重计工作完成以后，获胜一方将着手组建新政府。双方尊重阿富汗宪法，国家仍实行总统制而不是议会制。与此同时，为安抚败选的一方，在现有的政府架构中增设"首席执行官"职务，虽然外界普遍将这一职位解读为变相的总理，但此次发布会上，克里并未提及这一职位的具体职能。

8月13日，加尼和阿卜杜拉双方团队在喀布尔洲际酒店宣布设立联合委员会，就未来政府的组织架构等问题进行磋商，这其实是双方就如何分享权力一事进行幕后协商的开始。

8月26日，情况又出现了变化，阿卜杜拉团队指责选票重计工作过程不透明，舞弊行为严重，并威胁说如果到第二天早上他们的要求还得不到满足，阿卜杜拉将退出此次总统大选。

8月27日，阿卜杜拉宣布撤出己方的计票观察员。随后，负责监督此次选举的联合国方面要求加尼也撤出其观察员。计票工作在没有双方观察员的情况下继续进行，人们担心这样的计票结果不会被任何一方承认。与此同时，双方关于未来国民团结政府行政架构问题的谈判仍在进行。

近一个月后，9月21日，加尼与阿卜杜拉正式签署权力分享协议。当晚，独立选举委员会宣布：阿什拉夫·加尼正式当选为阿富汗新一届总统，阿卜杜拉将出任首席执行官。

9月29日，加尼宣誓就职。至此，从候选人登记开始，耗时一年的阿富汗总统选举终于尘埃落定。

风波却并未就此平息,如何分配政府各部部长职位成为加尼和阿卜杜拉双方之间漫长拉锯战的又一环。加尼承诺的45天组阁期一拖再拖,阿富汗民众在经过了三个半月的漫长等待之后,终于有了确切消息。2015年1月12日,加尼和阿卜杜拉共同出席记者会,宣布了新一届政府内阁组成及其人选名单。阿富汗新一届内阁由25名部长、国家安全局局长和总检察长组成。25名部长人选中,13人来自总统加尼阵营,另外12人则属于阿卜杜拉阵营。其中最重要的财政部长和国防部长职务由加尼阵营的人选担任,外交部长和内政部长则属于阿卜杜拉阵营。这份名单随即被提交至阿富汗国民议会,议会定于1月20日就这份名单进行投票表决。

就在议会表决前夕,当地媒体报道爆出消息:拟在新政府中担任农业部长的穆罕默德·雅库布·海德里是一名遭到国际刑警组织通缉的罪犯。国际刑警组织网站上显示,海德里曾经是爱沙尼亚一家乳品厂的经理,该公司于2003年破产,海德里因涉嫌“大规模逃税”和“欺诈性转让”而遭到通缉。阿富汗总统府方面表示,政府将对此事进行调查,如果情况属实,将依法处理,撤销海德里的部长候选人资格。

1月20日，原定举行的议会表决推迟，阿富汗议会仍在对候选人的资格进行审查。在27人名单中，有11人因双重国籍和学历问题未能通过审查，其中有2人放弃外国国籍后重新通过审查。随后，符合条件的18名人选在议会分别发表了自己的施政演说。

1月28日，议会对这18名候选人进行投票，其中一半遭到否决，只有9人顺利通过投票。

2月2日，8名通过议会投票的新部长和国家安全局局长走马上任，至此，27个职位中只有三分之一正式履职，其余三分之二仍有待确定。

又过了一个多月，3月21日，总统府公布了第二批共16位部长人选名单，并获得议会通过，至此，加尼的组阁之路才算基本完成。此时，距离总统大选第一轮投票日，已经过去了将近一年时间。

07 鏖战昆都士

在阿富汗总统加尼完成组阁后一个月，塔利班和阿富汗国家安全部队在北部邻近塔吉克斯坦的昆都士省爆发了激烈的正面冲突，这场战争的前因后果为我们观察阿富汗省级及以下地方政治生态提供了绝佳的范例。

战争从塔利班宣布发动春季攻势的2015年4月24日就已经打响，武装分子从四个方向压向省会昆都士市。4天后，昆都士东北方25公里的古泰帕地区已被塔利班攻占。加尼下令从周边省份调兵，5月7日，国家安全部队开始反攻，战斗一直断断续续持续到5月底，双方僵持不下。此时，阿富汗政府军集结了3000多兵力，极端组织"伊斯兰国""乌兹别克斯坦伊斯兰运动"的成员也加入到塔利班的队伍中，人数在2000左右。6月到8月，塔利班接连攻克了昆都士省7个区中的2个，对省会昆都士市形成了合围之势，大战一触即发。

9月28日，密集的枪声划破了昆都士清晨的宁静，35岁的塞迪卡·希尔扎伊没有理会，毕竟在过去的两三个月，这样的枪声几乎从来没有断过，她坐上了丈夫那辆二手卡罗拉，一起去上班。作为昆都士光明广播电视台的联合创始人，她每天都要去台里与同事们商讨选题与节目制作播出，这家以女性和青年事务、社会文化、体育与娱乐节目为主的广播电视台于两个月前刚刚开通了电视频道，在昆都士省及其周边的几个省份很受观众欢迎。

希尔扎伊的车拐入电视台所在的街道时，透过阿富汗北方秋日清晨的薄雾和沙尘，她看到道路尽头几名武装人员正拿着枪朝电视台所在的建筑物走去。她急忙让丈夫掉转车头，同时赶紧拨通了同事的电话。几位已经在台内的同事接到电话后匆匆下楼，从后门溜了出去。希尔扎伊和丈夫回到家，将女儿塞进车中，接上住在附近的一位同事，在一片枪林弹雨中驶离昆都士。希尔扎伊不知道的是，此时塔利班已经从三个方向攻入市区，大批出现在了城市的街头巷尾，阿富汗政府军节节败退，退到了城市南郊的机场，昆都士，这个阿富汗第五大城市，落入塔利班手中。

第二天，我收到了一封大赦国际[1]的邮件，邮件中对塔利班在昆都士的暴行进行了详细的披露：

据昆都士当地知情人士向大赦国际透露：昨天塔利班进城后，砸烂了光明广播电视台办公室内的器材，放火焚烧了电视台的建筑。他们抢走了非政府组织，包括国际红十字会的物资和车辆。

一名从事救助家庭暴力受害者工作的妇女告诉大赦国际：塔利班攻占国家情报局、其他政府机构和非政府组织的建筑后，搜到了大量的名单，上面有非政府组织、记者、公务员和安全部队军人的信息，包括他们的住址、电话和照片。随后，他们开始在城中挨家挨户地进行搜查。他们封锁了昆都士的主要路口，我和其他人在崎岖的小路上走了7个多小时才逃到安全地带，筋疲力尽，很多人的脚都磨破了。

一名当地医院助产士的亲戚对本组织说：我的亲

1　成立于1961年的国际非政府组织，致力于人权保护。

戚和另一位同事遭到塔利班武装人员的轮奸，并双双被杀，塔利班指责她们向女性提供了节育服务，这是塔利班不允许的非法行为。

当地社会活动人士告诉本组织：塔利班闯入昆都士监狱，释放了所有男性犯人，女犯人则遭到强奸与殴打；他们搜到当地警察、军人家的住址，这些人的女家属遭到强奸，包括孩子在内的家人则被杀害，家中值钱的东西被洗劫一空，房子被付之一炬。

一位目击者向大赦国际证实：一名妇女在塔利班与政府军的交火中被流弹击伤，痛苦不已，她的叫声惹怒了塔利班，他们踹开她家的房门，掏出枪，当着她丈夫的面，朝着她的脑袋就是一枪……

同样是在9月29日，美国陆军特种部队增援力量赶至昆都士机场，阿富汗国家安全部队与增援的美军在机场同塔利班展开激战，打退了后者的进攻，暂时稳住了局面。阿富汗政府军和美军试图从机场方向向市内发动反攻，但被塔利班的火力压制，后者重新将政府军逼退回昆都士机场，阿富汗政府派出空中和地面力量进行支援。

9月30日晚，美国陆军特种部队——绿色贝雷帽与阿富汗部队协同作战，再次向市区内发动反攻。《纽约时报》

对这次军事行动进行了详细的报道[1]：

> 美军与阿富汗军队在9月30日夜里11点左右发动攻势，很快就遇到了塔利班的抵抗。10月1日凌晨12:12—3:28，美军出动战机对塔利班武装分子的据点进行了五轮轰炸，扫清了前进路上的障碍。
>
> 美阿联军成功地收复了一处警察局和一座监狱，凌晨4点左右，美国人抵达了昆都士省警察厅总部。在路上，他们触发了一枚路边炸弹，随后又遭到塔利班自杀式汽车炸弹袭击，所幸无人伤亡，战斗暂时中止，给了他们在警察厅内架起防御工事的宝贵时间。
>
> 一小时后，塔利班向（省警察厅）大院发动攻势，战斗异常激烈，打了整整一天一夜，至次日依然没有停止……

战斗一直在持续，就在各种混乱之际，10月3日凌晨，美军飞机轰炸了无国界医生组织在昆都士的医院，造成包括该组织医生在内的27人死亡、37人受伤。舆论哗然，按

1　https://www.nytimes.com/2016/05/09/world/asia/afghanistan-taliban-kunduz-doctors-without-borders-airstrike.html.

照美军后来向调查人员提供的说法，他们一直以为自己轰炸的是塔利班藏身的国家安全局大院，直到10月5日返回巴格拉姆空军基地后才知道当时认错了目标。但当地也有一种说法认为，美军是不满该医院收治塔利班伤员，所以才会对其投弹，将其摧毁。此后交战双方不断拉锯，一直到10月14日，阿富汗国家安全部队才彻底将昆都士从塔利班手中收回。

昆都士之战震惊世界，这是自2001年被美军赶下台以来，时隔15年塔利班第一次攻占阿富汗重要大城市，这个武装组织为何能够打下这座阿富汗北方三十多万人口的城市，一时间成为人们关注的话题。

昆都士的事还得从一百三十多年前讲起。1880年，阿富汗巴拉克扎伊王朝"铁血埃米尔"阿卜杜尔·拉赫曼·汗登基。这位南征北战的强势统治者在位期间，为防止南部一些普什图部落做大做强，威胁到自己的统治，做了一项重要决定，将世代居住在阿富汗东部和南部的一些普什图人向北方迁移。正是这一决定间接导致了现在昆都士省的乱局。

普什图人陆续向包括昆都士在内的阿富汗北方地区迁徙，这一过程断断续续一直持续到了20世纪50年代。本来昆都士这个地方一直是乌兹别克人的地盘，而现在，昆都士省的人口比例大致是：普什图人占34%、乌兹别克人占27%、塔吉克人占23%，另外还有少部分其他民族。

1979年，苏联出兵阿富汗。阿富汗全国各地掀起了抵抗苏联的游击战。昆都士人三三两两地组织起各种游击队。许多人先是加入了"阿富汗伊斯兰社会党"和"阿富汗伊斯兰党"，后来大部分转到了北方监护委员会旗下，还有一些人加入了阿富汗伊斯兰解放联合会等各种武装组织中。1989年苏联撤军后，阿富汗很快陷入军阀混战状态，以上昆都士各派武装力量也在本省大打出手、争抢地盘。在此混乱时刻，以普什图人为主体的塔利班迅速崛起，很快就从南到北，打到了昆都士省。昆都士各派中的普什图人大多背叛旧主，加入到塔利班的行列。这些叛逃之人并不都是普通士兵，还包括各派别中的一些将领，比较有名的有六位：阿拉夫·汗、穆罕默德·奥马尔和易卜拉希米家族的三兄弟。昆都士省各派武装力量中始终没加入塔利班的高级将领叫米尔·阿拉姆。

昆都士很快就被塔利班占领。塔利班拿下昆都士以后，此前投到其麾下的当地军事头目得到了回报：阿拉夫·汗就被任命为省长，其他人也各有所得。5年后，美国和北方联盟将塔利班赶下台，当年在昆都士当地加入塔利班的将领则投降的投降、背叛的背叛，加入北方联盟的加入北方联盟。

打完塔利班，又是一番论功行赏。一直没有加入塔利班的米尔·阿拉姆自然得到丰厚回报，成为昆都士省最强的一支武装力量的头目。当然，他也只能控制7个区中的1个而已。而加入塔利班后又背叛的易卜拉希米家族三兄弟则控制了另一个区。其他区也都各有所主。与别国处理战俘不同，阿富汗人对塔利班成员极为宽待，大部分人平安解甲归田，还有部分甚至出任政府官职。毕竟，战时所有人都在进行各种合纵连横，今天的敌人说不定就是明天的朋友，后天的路人。

除了控制地盘外，政府正式头衔也要加封。对于地方官员的选拔，与一些国家的任命制或者选举制都不同的是，阿富汗的做法采取的是保持各方平衡的当地提拔制，也就是提拔那些在当地有较强军事力量的人出任省级和省级以下职务。考虑到势力平衡，时任阿富汗总统哈米德·卡尔扎伊往往会任命在当地势力排在第二或第三的人来担任一把手，以牵制势力最强的人。

在昆都士，易卜拉希米家三兄弟中的阿卜杜勒·拉提夫·易卜拉希米被任命为省长。实力最强的米尔·阿拉姆则被任命为阿富汗军队五十四师师长，负责昆都士省防务。在这次政府职务任命中，最大的输家自然是支持塔利班的普什图人。以塔吉克人和乌兹别克人为主的北方联盟不可能把昆都士重要职位拱手让给昔日的敌人，即使身为总统，普什图人卡尔扎伊也必须要顾及这一点。占该省人口总数最多的普什图人中，只有一名将领穆罕默德·古拉姆获得职位，担任昆都士省警察厅厅长。古拉姆这个人很有意思，1997年塔利班打进昆都士时，他一个月内就先后投到三个武装派别名下，最后投靠了塔利班，但一年后，又脱离塔利班。当然，这种背叛与反背叛，欺骗与反欺骗在阿富汗战场十分常见，也没有人以此为耻。

除了古拉姆，不论是省级还是区级职位都没有普什图人的身影，普什图人在昆都士被彻底边缘化。许多普什图人的土地被他族军阀瓜分，一些战时逃难的普什图农民回来后发现自己的土地已被占领，这就导致了占该省人口三成多的普什图人对塔吉克人和乌兹别克人主导的局面非常不满。另一方面，那些占据了昆都士政府要职的武装组织头目则靠种植罂粟、贩卖毒品、收过路费等迅速致富，赚来的钱用来购买武器、招募人员与其他军阀打仗。所以，昆都士平静的表面下暗流涌动，武装组织之间的冲突时有发生，失去了保护的普什图人沦为炮灰。

阿富汗政府后来开展了武器收缴工作，一些前军阀的武器被收缴；另一方面，按照西方一国负责阿富汗一省重建的原则，德国人接管了昆都士省的重建工作。但德国国防部要求德国军队不得干预昆都士内部事务，所以以上措施并没有改变昆都士的局面，强人们依然明争暗斗，普什图人的地位也没有多大变化，继续心怀悲愤，一心期待能扭转局面。

塔利班十分清楚昆都士部分普什图人的境遇和心态，从2006年开始，就陆续在该省发动大大小小的袭击。2009年就占领了七个区中的一个和另外两个的一小部分。那些当年回乡的塔利班战士、那些接受过教育但被从政府部门中赶走的普什图知识分子、那些在外避难回国后发现土地被他族占领的普什图农民纷纷拿起"一战"或"二战"时期的老枪，加入到了塔利班的队伍中。昆都士的塔利班越打人数越多，越打越受普什图群众的欢迎。眼见着塔利班越来越壮大，背叛与反背叛的戏码再次上演。许多外族的军事组织头目又来投靠，渐渐地，塔利班在昆都士站稳了脚跟。到最后，塔利班的武装活动遍布昆都士省全部七个区。

美国也注意到了这种苗头，加大了在昆都士的打击力度。到2010年，塔利班已经无法控制昆都士任何一个地区了。但塔利班转而开始采取新战术——定点暗杀：支持政府的地方军事组织头目、省政府和强力部门的领导人均在其暗杀的名单上，包括当地实力最强的六人中的穆罕默德·奥马尔以及易卜拉希米家的三兄弟之一的阿卜杜勒·卡尤姆·易卜拉希米等人就死于塔利班的暗杀行动中。昆都士本省的将领接连被杀，卡尔扎伊政府只能从外省调人来昆都士执掌兵权。在阿富汗，这是最不被看好的选项，一个在本地没有任何军事实力作为后盾的外省人是不可能有效地行使其职权的，当然也就无法组织起有效的军事行动来对抗塔利班的进攻。

2010年后，昆都士就陷入了这样的循环：塔利班打过来，美军和阿富汗国家安全部队打回去，塔利班就跑；美军和政府军一走，塔利班又冒出来，占领一两个地区，美军和政府军就再次反攻。一而再，再而三，周而复始。最后连国际媒体都失去了兴趣，不再对昆都士的局势进行报道。所以，当2015年塔利班攻占昆都士后，不熟悉阿富汗局势的人难免会大吃一惊。

这仅仅是阿富汗北部一个省的情况，就已经如此盘根错节，错综复杂，可想而知，阿富汗全国34个省中家族和部落势力、地方派系武装等各种势力之间的博弈与冲突是多么错综复杂。

08 军阀

　　62岁的副总统性侵63岁的前省长，而且两个人都还是男的，这样天方夜谭的故事，恐怕连最前卫的作家也很难构思出来。

　　2016年，阿富汗加兹尼省前省长艾哈迈德·伊什齐公开宣称遭到第一副总统阿卜杜勒·拉希德·杜斯塔姆的绑架和性侵。伊什齐指控说，当年11月，他在观看阿富汗传统的"布兹卡谢"（即马背叼羊）时，遭到昔日的敌人——杜斯塔姆的绑架和性侵。

　　杜斯塔姆是苏联阿富汗战争及内战时期著名的大军阀，这些大军阀是中央政府与地方省份内部大小军事头目之间的第三股势力，在阿富汗政坛、地方和部落事务中拥有举足轻重的地位和影响力。在1979—1989年的十年抗苏战争期间，阿富汗国内涌现出了一大批手握重兵，得到不同国家支持的武装组织，从1978年6月到1980年，这些大小不同的武装抵抗组织多达200余个[1]。其中有几股势力最为有名：北方塔吉克人布尔汉努丁·拉巴尼和艾哈迈德·沙·马苏德领导的阿富汗伊斯兰促进会、得到巴基斯坦支持的普什图人古勒卜丁·希克马亚蒂尔领导的"阿富汗伊斯兰党"（古勒卜丁派）、来自阿富汗北方的乌兹别克人阿卜杜勒·拉希德·杜斯塔姆领导的阿富汗伊斯兰民族运动、伊朗支持的什叶派哈扎拉人阿卜杜勒·阿里·马扎里领导的阿富汗伊斯兰统一党、沙特支持的瓦哈比派阿卜杜勒·拉苏尔·萨亚夫领导的阿富汗伊斯兰联盟等。

马苏德

说起阿富汗的军阀就不能不提马苏德，他是阿富汗最为知名、最具影响力的军事将领。从喀布尔机场出来，国内航站楼外墙上悬挂的大幅照片就是马苏德，在喀布尔的大街小巷，随处都可见到他的照片。马苏德死后，阿富汗前总统卡尔扎伊追认他为"阿富汗国民英雄"，他的忌日被定为"马苏德日"，阿富汗政府每年都要在此日举办悼念活动。当今的阿富汗政坛，仍有一大部分高官是他当年

---

1 王铁铮，黄民兴，等. 中东史[M]. 北京：人民出版社，2010：439.

喀布尔机场国内航站楼，画面右侧大幅照片即为马苏德

的旧部和盟友，从他家乡移居到喀布尔的潘杰希尔人，更是首都一股不可忽视的力量。

艾哈迈德·沙·马苏德，塔吉克族，1953年9月2日出生于阿富汗北部潘杰希尔省一户军人家庭，早年就读于首都喀布尔著名的法国中学，后进入喀布尔理工大学学习工程学。在大学期间，他加入伊斯兰促进会的学生分部，从事反对当时奉行共产主义的阿富汗共和国的活动。1975年，伊斯兰促进会分裂为温和与激进两派，马苏德与后来成为北方联盟总统的拉巴尼是温和派，分裂出去的是以希克马亚蒂尔为首的激进派。两派矛盾丛生，后者曾试图暗杀马苏德，未遂。

1979年苏联入侵阿富汗，马苏德在潘杰希尔峡谷组织游击队，与苏军进行了多次交战，队伍规模从最初的1000人扩展到13000人左右，其活动范围也从潘杰希尔峡谷扩大到了其他一些北部省份，逐渐成为各派穆贾希丁领导人中实力较强的一位。

1989年，苏联从阿富汗撤军后，阿富汗陷入内战，各派游击队组织领导人与苏联支持的阿富汗纳吉布拉政府继续交战。纳吉布拉宣布交权后，各派在邻国巴基斯坦开会协商，最终签署了《白沙瓦协定》，决定建立阿富汗伊斯兰国，由希卜加图拉·穆贾迪迪担任两个月过渡总统，之后将总统职位移交给布尔汉努丁·拉巴尼。政府总理由另一位军阀、当年从伊斯兰青年组织中出来另立门户的希克马亚蒂尔担任，马苏德出任国防部长，这一协议得到了联合国的支持。

实力最强的希克马亚蒂尔并不想与别人分享权力，他拒绝签署这份和解协议，不接受总理职位，要通过武力夺取阿富汗的领导权。在此期间，共同参加过抗苏圣战的沙特人本·拉登曾居中调解，试图说服希氏与马苏德合作，但遭到断然拒绝。希克马亚蒂尔的军队对喀布尔进行了狂轰滥炸，与另两派军阀——得到伊朗支持的什叶派哈扎拉族军阀马扎里和有沙特撑腰的瓦哈比军阀萨亚夫发生了激烈冲突，此外，乌兹别克武装首领杜斯塔姆以及马苏德的政府军都投入到了这场战斗中。此时，在民众心目中，这些"穆贾希丁"首领们再也不是当年抗击苏联的民族英雄，而是蜕变为争抢地盘的军阀，阿富汗军阀混战时代正式开始。到1993年年中，马苏德领导的阿富汗政府军方面在战斗中占了上风，喀布尔恢复了短暂的平静。然而，好景不长，军阀混战中，在阿富汗南部崛起的一支力量已经逼近了喀布尔城下，他们就是塔利班。

1995年，塔利班对喀布尔进行了长达一年的围困，但被马苏德领导的军队打退。意识到塔利班的威胁后，马苏德加紧了与其他各派军阀之间的联系与和解，到1996年的2月，除了塔利班外的其他阿富汗各主要势力均同意开启和平进程。但风头正盛的塔利班决心要占领整个阿富汗。到了当年9月，塔利班已经拿下了喀布尔的东、西和南部，再次对喀布尔形成合围之势，并最终占领了首都，建立了阿富汗伊斯兰酋长国。马苏德只能从喀布尔撤退，退回到了他的大本营——易守难攻的潘杰希尔峡谷中。

在潘杰希尔，马苏德与其他军阀一起组建了反塔利班的北方联盟，这个联盟包括了当时阿富汗主要民族塔吉克、乌兹别克和哈扎拉族的力量以及部分普什图人士，是抗击塔利班最重要的力量。塔利班统治阿富汗期间，尽管一度将北方联盟的人马逼到了东北角的巴达赫尚省，但由于马氏的抵抗，塔利班始终未能完全占领阿富汗全部领土，双方之间的战争持续了4年之久。

2001年9月9日，"9·11"事件两天前，两名自称是摩洛哥裔的比利时记者在采访马苏德时，引爆了藏在摄像机里的炸弹。躲过了克格勃、"基地"组织、塔利班、希克马亚蒂尔等多次暗杀行动的马苏德这次没有那么幸运，伤重不治，死在了送他去医院的直升机上，年仅48岁。后经查明，这两名"记者"其实是突尼斯人。有消息指是本·拉登指使了这桩谋杀案，因为马苏德与本·拉登因宗教观点分歧关系不好；但也有人认为是瓦哈比军阀萨亚夫所为。马苏德被葬在了他家乡潘杰希尔省一处临河的小山上，如今，依然会有许多阿富汗人到他的陵墓前进行凭吊。他死后两天，"基地"组织就发动了"9·11"袭击，美国随即要求塔利班交出本·拉登，被拒后，阿富汗战争爆发，在北方联盟地面部队的配合下，美国迅速将塔利班赶下台，阿富汗历史迎来了新的一页。

希克马蒂亚尔

另一位广为人知的军阀古勒卜丁·希克马蒂亚尔是马苏德一生的宿敌。希克马亚蒂尔1947年6月26日出生于阿富汗北部昆都士省，普什图人。21岁时曾被送到一所军校学习，但因为政见问题被学校开除，随后他进入喀布尔大学工程系学习，并因此得名"工程师希克马亚蒂尔"。大二的时候他因涉嫌谋杀一名同学被捕入狱，随后赶上达乌德大赦出狱。出狱后，他加入了穆斯林青年组织，其激进的观点与该组织主流的温和派水火不容。1975年，希克马亚蒂尔创办伊斯兰党，正式与青年组织决裂。

希克马亚蒂尔的激进主义引起了达乌德政府的警觉，后者开始对其活动进行打压，希克马亚蒂尔逃到了巴基斯坦。由于达乌德政府倡导普什图斯坦政策（即建立包括巴基斯坦普什图地区在内的大阿富汗），引发巴基斯坦政府的不满，巴基斯坦开始支持逃到该国的希克马亚蒂尔，为其提供资金，帮他训练士兵。

苏联入侵阿富汗后，希克马亚蒂尔回国参加反抗苏联的战斗。但即使在抗击苏联时期，阿富汗各派武装力量也不是铁板一块，希克马亚蒂尔领导的伊斯兰党就曾多次向不同的"穆贾希丁"组织开战，以期战后抢夺到更多地盘。对于他的宿敌马苏德更是毫不留情。有一次他和马苏德商量好要联合从苏军手中夺回潘杰希尔，后者发动进攻后，希克马亚蒂尔却始终没发一兵一卒，想借苏军的刀杀马苏德的人。1987年，英国一位摄像拍摄到了马苏德几次军事胜利的视频画面想带回西方播出，结果还没出阿富汗就被希克马亚蒂尔手下的人杀死了。1989年，希克马亚蒂尔部下在阿富汗北部塔哈尔省伏击打死了30多名马苏德手下的人。

军阀混战时期，希克马亚蒂尔与其他各派爆发激烈冲突，随着塔利班向喀布尔进发，希克马亚蒂尔发现自己被夹在塔利班与马苏德的政府军中间，腹背受敌。1996年5月，面对塔利班的迅猛攻势，失去巴基斯坦支持的希克马亚蒂尔终于与总统拉巴尼签订权力分享协议，同意出任总理。但这短暂的联盟仅仅存在了几个月就被塔利班冲垮，1996年9月，塔利班控制喀布尔，次年，希克马亚蒂尔流亡伊朗，一待就是6年。

2001年美国发动阿富汗战争，希克马亚蒂尔站出来表示反对。2002年2月，受到美国以及时任阿富汗总统卡尔扎伊的压力，伊朗方面宣布关闭该国境内所有伊斯兰党的办公室，并将希克马亚蒂尔驱逐出境。从此，他不知所踪。据说美军曾于2002年发现他的行踪，并派出飞机对其车队进行了轰炸，结果并未如愿。当年9月，他号召穆斯林对美国发动圣战。2003年，他被美国列入全球恐怖分子名单，美方相信他与"基地"组织以及塔利班之间存在千丝万缕的联系。尽管如此，希克马亚蒂尔的人马在阿富汗的活动从未停止，直到2010年，他还被认为是继塔利班领导人奥马尔和"哈卡尼网络"领导人哈卡尼之后阿富汗第三武装分子头目。"伊斯兰国"成立后，希克马亚蒂尔宣布支持该组织。

2016年9月，希克马亚蒂尔与阿富汗政府签订协议，他领导的阿富汗伊斯兰党不再与政府为敌，不再与其他武装派别合作，作为交换，阿富汗政府赦免他的罪行，允许他返回阿富汗，2017年5月4日，希克马亚蒂尔回到了阔别多年的喀布尔。如今，他作为"阿富汗伊斯兰党"（古勒卜丁派）领导人活跃在阿富汗政坛。

杜斯塔姆

阿富汗的大军阀，参加抵抗苏联的战争时普遍都是二三十岁的年轻人，那场战争已经结束30年，他们现在都是六十岁左右，这个年龄对于从政的人来说，并不算老。除了马苏德被暗杀、哈扎拉军阀马扎里被塔利班杀害外，其余的军阀，如同希克马亚蒂尔一样，如今依然活跃在阿富汗政坛：沙特支持的瓦哈比派军阀阿卜杜勒·拉苏尔·萨亚夫2014年参加总统大选败选，曾担任国会议员，目前是阿富汗伊斯兰达瓦组织领导人；西部赫拉特省及其周边地区有影响力的穆罕默德·伊斯玛仪·汗在2005—2013年卡尔扎伊政府时期担任水利和能源部长；哈扎拉族领导人哈吉·穆罕默德·穆哈齐克官拜阿富汗第二副首席执行官，是首席执行官阿卜杜拉·阿卜杜拉重要的盟友。原北方联盟实权派人物，阿富汗伊斯兰促进会领导人阿塔·穆罕默德·努尔自2004年起长期担任北方巴尔赫省省长，2017年12月，加尼下令解除他的省长职务，这位实力雄厚的政治和军事强人直接拒绝了总统的命令，曾一度引起北方局势的高度紧张。

在所有这些当年的武装力量首领中，杜斯塔姆无疑是目前职位最显赫、力量最强的一个：在2014年的总统大选中，他成为阿什拉夫·加尼的竞选搭档，加尼当选后，他出任阿富汗第一副总统。

阿卜杜勒·拉希德·杜斯塔姆，乌兹别克族，1954年出生于阿北部朱兹詹省。幼年赤贫，未接受多少正规教育。1978年入伍，抗击苏联时期逐渐拥有了自己的武装力量。在苏联撤离阿富汗后的混乱时期，他与马苏德于1992年一起攻入喀布尔城，两人联手抵抗实力强大的希克马亚蒂尔对喀布尔的进攻。两年后，他又与希克马亚蒂尔联手反对拉巴尼政府和马苏德。塔利班攻入喀布尔后，他和马苏德握手言和，加入北方联盟，一起抵抗塔利班的统治。他的手下是号称阿富汗最骁勇善战的乌兹别克族武装。在反塔战争期间曾遭部将背叛，远逃土耳其。美国攻打塔利班时，杜斯塔姆返回国内，与其他军阀一道，在美国的支持下打击塔利班。在此过程中，他被指控屠杀了2000多名塔利班俘虏，当时这些俘虏被关在集装箱中，活活憋死。这一指控遭到杜斯塔姆否认，尽管尚无法确定此事的真实性，但在阿富汗，杜斯塔姆是个狠角色却是人尽皆知的事实。

我曾经在阿富汗总统府见过杜斯塔姆一次，他身穿长袍，走在加尼身后，个子不高，却十分粗壮；头发虽已斑白，发丝却笔直硬挺，每一根头发都竖立起来；眉毛异常乌黑浓密，目光中透着北方游牧民族特有的粗犷和狂野；满脸横肉，面部被阿富汗北方粗粝的狂风和砂石打磨地极具沧桑感；即使你从未见过此人，走在人群中，依然能够辨识出他是一个极不寻常的人物。

在伊什齐对其进行指控之后，杜斯塔姆予以坚决否认。美国和欧盟要求彻查此事，阿富汗总检察长办公室已经对这位第一副总统涉嫌"严重侵犯人权"一事展开调查，并下令逮捕他。但杜斯塔姆在喀布尔的官邸固若金汤，其手下武装与阿富汗警察发生了激烈的战斗。最后，这位阿富汗第一副总统像当年一样，于2017年5月再次踏上了逃亡土耳其之路，并长期滞留在那里。

2018年7月21日，阿富汗总统府发表声明称，第一副总统赴土耳其是接受"治疗"，现已康复。次日，杜斯塔姆从土耳其飞抵喀布尔，在机场受到其支持者的隆重欢迎。几天后，他与总统加尼、首席执行官阿卜杜拉等高层在总统府内谈笑风生，副总统涉嫌性侵前省长一事也如同他当年被控谋杀塔利班战俘一样，再也无人提起。

09　谁是阿富汗人

阿富汗人到底是不是"阿富汗人"，这是一个问题。

在阿富汗第一副总统杜斯塔姆深墙大院的官邸前方，有一株巨大的桑树，没有人知道它长在这里有多久，但从两抱有余的粗壮树干看，它显然见证了阿富汗近代以来所有的动荡不安与无休止的战乱。夏天的时候这株桑树枝繁叶茂，像一柄巨大的雨伞，盖住了半边街道。在桑树下，有两间菜店，我总去那里买菜和水果，一来它们离我的住处较近，二来他家菜和水果的种类也比较丰富。和阿富汗大多数菜店一样，这家店门口也摆满了各种蔬菜和水果，并且都按照颜色分类，黄的哈密瓜、红的苹果、绿的黄瓜摆放得整整齐齐，色彩也搭配得恰到好处。阿富汗人对于生活细节的追求和他们满天的风沙以及粗犷的面庞形成了鲜明的对比。春天草莓上市的时候，街边的小贩一定要将草莓一颗一颗拿出来，在车上摆出一个扑克牌里的黑桃的形状。来喀布尔旅行的人，一定要去拍拍那里的菜店，这是这个表面上看上去萧索寂寥的国家里为数不多的色彩浓烈鲜明之地。

菜店的老板是一个五十出头的中年人和他二十几岁的儿子，两个人都很瘦，当然，由于饮食习惯等原因，在喀布尔找到特别胖的人并不容易。老板扎比乌拉不善言辞，做生意却是一把好手，我在那儿买了无数回菜，从来没给我打过折。冬天的时候，有一次我去买菜，称完了白菜，他突然问我："你听说换发新居民身份证的事了吗？"他知道我是记者，总愿意向我打听消息，我接过那颗在中东其他国家并不太常见的中国白菜说，"嗯，听说了。就是将纸质的换成芯片的，怎么突然问起这个？"

"我听说新身份证要取消民族名称？"

"不是，民族一栏还是有的，只是不再标注各个民族的族名了，统称阿富汗人。"和我一起来买菜的卡里姆接话道。

"这样不好，我是塔吉克族，我可不想要一个别人强加给我的民族称谓。"

"那有什么关系，反正你就是阿富汗人啊。"我虽然知道事情的原委，但仍然有些疑惑地说道。

"那不一样，我虽然是阿富汗人，但我是塔吉克族。"他又强调了一遍。

这场争论在外人看来多少有些难以理解，毕竟不管你是普什图族、还是塔吉克族，你都是阿富汗人，这完全顺理成章。但在阿富汗国内，塔吉克和哈扎拉等族部分民众则坚持认为，在阿富汗社会的语境中，"阿富汗人"特指普什图人，后者是自艾哈迈德·沙·杜兰尼1747年创建阿富汗以来历代王朝的统治者。在塔吉克族和哈扎拉族人看来，用"阿富汗人"指代他们，是意在将普什图族的族属强行加到他们身上，抹杀他们自己的民族属性和文化传统。

新一代身份证应于2013年3月开始发放。当年早些时候，阿富汗议会人民院（下院）就《人口登记法案》进行辩论。6月19日，人民院议员就法案各项条款中除第六条外达成协议，第六条的内容规定政府应收集哪些居民信息以及哪些可以被印到新身份证上。如同现行的纸质身份证一样，人们对于身份证上写上名字、父亲姓名、祖父姓名、出生地、出生日期和居住地均没有异议，但对于是否应在身份证上标注民族名称和国籍，议员们进行了激烈的争论。乌兹别克议员主张只写民族名称，不写国籍；普什图议员认为只写"阿富汗人"作为国籍即可；而塔吉克族和哈扎拉族议员则既不想在身份证上写民族名称，也不想写国籍。尽管各方指责投票过程存在争议（即投票人数没有达到法定人数），但阿富汗议会人民院和元老院（上院）最终均投票通过了该法案，法案被送交至时任总统卡尔扎伊处，但卡尔扎伊拒绝签字，因此，此法案未能生效成为法律。

2014年11月9日，阿富汗新总统加尼签署被卡尔扎伊拒签的《人口登记法案》，这项最终正式通过的法律中没有对民族名称或国籍是否应被标注在身份证上做出明确的规定。事情至此并没有结束，相反，各方围绕着民族与国籍问题的争论越来越激烈。阿富汗首席执行官办公室宣布将2015年8月19日定为先期发证日期，但总统加尼则宣布延期。塔吉克人和哈扎拉人要求加快发证进度，而普什图人则要求对《人口登记法》进行修订，用"阿富汗人"来称呼全体国民。

2016年4月，在《人口登记法》生效不到两年之际，阿富汗第二副总统穆罕默德·萨瓦尔·丹尼什主持成立了法律委员会，对《人口登记法》进行修订。丹尼什此时的主张是：将国籍和民族两项内容均印在新一代身份证上。

2017年3月4日，加尼签署行政命令，对丹尼什主持起草的《人口登记法》修订版表示支持，修订后的法案第四条规定：阿富汗政府增设中央民事登记局；第六条规定：将居民的民族和国籍都印到新版身份证上。

4月18日，修订后的法案被送交议会人民院审议。

10月30日，议会人民院议员对此进行投票表决并最终将其否决。

11月19日，议会元老院议员投票通过了此法案。议会两院意见不一致后，按照阿富汗宪法规定，由上下两院共抽调16位议员组成两院联合委员会来对此做出最终决定。

2017年12月18日，联合委员会批准了修正法案。然而议会内部围绕此法案和新一代身份证的争论仍然没有停止，56位议员联名提请对此进行进一步的磋商，但最终并没成行。阿富汗第二和第三大民族——塔吉克族和哈扎拉族的大部分议员仍要求身份证上既不写国籍也不写民族。

2018年1月21日，115位塔吉克族和哈扎拉族议员举行新闻发布会，要求政府尊重2014年版的《人口登记法》，并联名致信总统加尼，要求终止2017年通过的修订版法案。前北方联盟军事首领之一、巴尔赫省省长阿塔·穆罕默德·努尔就表示，新身份证的发放将使国家分裂成两部分；阿富汗第二副首席执行官、哈扎拉人领袖穆哈齐克也认为，将民族和国籍印在身份证上是政府将一个民族的属性强加到别的民族身上。而阿富汗第一大民族——普什图族则坚持认为用"阿富汗人"来指代全体国民理所应当。一位普什图族网友在社交网站上直言不讳地指出："不想称自己为阿富汗人的人可以离开阿富汗，塔吉克族可以去塔吉克斯坦、乌兹别克族可以去乌兹别克斯坦、哈扎拉族可以去蒙古。"

此事件争论过程中还有一段插曲，为人们理解阿富汗社会民众身份认知的危机提供了另一种注脚。

2017年11月初，英国广播公司（BBC）将其阿富汗波斯语"脸书"页面由"英国广播公司波斯语频道"更名为"英国广播公司达里语频道"[1]，此举引发了阿富汗讲波斯语民众的强烈不满，他们纷纷在BBC社交媒体账号下留言表达不满。

波斯语，在阿富汗也被称为达里语，是塔吉克人和哈扎拉人的母语，阿富汗宪法规定的两种官方语言之一。尽管存在词汇和语音上的差异，但波斯语与达里语就像是英式英语与美式英语，彼此之间交流沟通几乎不存在障碍。

1　即将"BBC Persian"更名为"BBC Dari"。

一直以来，对于自己所讲的到底是波斯语还是达里语，塔吉克人和哈扎拉人都颇为敏感，他们中有一部分人表示将自己讲的语言称为达里语没有问题，毕竟他们和伊朗人讲的波斯语的确存在一些差别；而另一部分人则坚持认为自己讲的就是波斯语，认同自己是波斯文化圈（指波斯语占主导地位的伊朗、阿富汗和塔吉克斯坦三国）的组成部分，达里语是阿富汗普什图人强加给两族的语言名称，意图切割他们与伊朗等国在文化和语言上的联系，这反映了历史上居于统治地位的普什图人对于阿富汗其他民族的压迫与强制同化。在英国广播公司"脸书"网站更名之后，阿富汗首席执行官阿卜杜拉的发言人穆吉卜·拉赫曼·拉希米就在其社交网站上表示："我的语言是波斯语，背叛我们语言与文化的时代已经过去，我们不允许任何人为我们的语言另取一个名字。"

已故阿富汗历史学家米尔·塞迪克·法尔罕在其2015年出版的回忆录中，披露了起草1964年阿富汗宪法时，普什图人和塔吉克人、哈扎拉人就达里语的名称与地位问题进行的交锋。据法尔罕回忆，当时普什图精英声称波斯语是伊朗的语言，打算将普什图语列为阿富汗唯一官方语言，此举遭到了说波斯语的塔吉克人和哈扎拉人的强烈反对，他们要求将波斯语同样列为国家官方语言。最终双方互相妥协，普什图人同意将波斯语列为宪法中规定的两种官方语言之一，而塔吉克人和哈扎拉人则不再坚持将他们的语言称为"波斯语"，而是使用"达里语"这一名称。据了解，"达里语"早在波斯语使用阿拉伯文字母书写前就被用来指代波斯语，两者意思相同。只不过随着阿拉伯字母在波斯语中的应用逐渐固定，"波斯语"这一名称才越来越被波斯文化圈的民众接受，"达里语"则渐渐淡出历史舞台。

在阿富汗历史的绝大部分时期，普什图人一直居于统治地位，普什图语是国家官方语言，其他民族则处于从属地位，他们的语言也不被官方认可。近代以来，尤其是苏联入侵阿富汗后，塔吉克、哈扎拉等说波斯语的民族才开始在阿富汗政坛崭露头角。在美军打击塔利班的过程中，塔吉克、哈扎拉、乌兹别克等众多民族组成的北方联盟立下了汗马功劳，由此，达里语力压普什图语，成了首都喀布尔从政府到民间使用最广泛的语言。我第一次去阿富汗出差时，见到当地摄像欧拜后，询问如何用普什图语说谢谢，他告诉我之后，又微微一笑："你在喀布尔几乎不会用到普什图语说谢谢，只要记住波斯语的'特沙高尔'就行了。"

2018年5月初，作风强硬的阿富汗总统加尼力排众议，下令在全国范围内发放新一代电子芯片身份证，以取代纸质身份证。加尼及第一夫人鲁拉·加尼出席了当天的仪式并领取了全国第一张新身份证。加尼的举动并没有平息阿富汗政坛和民间关于身份认同的争论，相反各方对此的反对越来越激烈。首席执行官阿卜杜拉拒绝出席当天的身份证发放仪式，并举行发布会，称新一代身份证发放的前提是必须全体国民取得共识，否则就不具有合法性。各塔吉克族、哈扎拉族团体也都纷纷发声，表示将抵制新身份证的发放工作，喀布尔、巴达赫尚等地的民众还举行了集会，要求政府终止发证。

这一场换证风波，深刻揭示了阿富汗社会深层次的矛盾与危机。这是一场关乎个人、民族、国民身份认同的认知危机，这样的危机影响深远、持久，与多年的战乱形成了一个恶性循环：因为战乱，各族群之间缺乏互信，出现严重对立情绪；族际间矛盾的不断加深，又是各种冲突不断加剧的导火索；战乱不断的局面又使本民族的民众必须紧密团结在一起，时刻强化自己的民族身份，弱化自己的国民身份。这种循环不断往复，就使得阿富汗的动荡局面无法出现本质上的转机，即使将来实现了和平，各族群间根深蒂固的矛盾如果处理不好，也会为在更远的将来再次出现危机埋下伏笔。

　　加尼宣布发证工作启动后，菜店老板扎比乌拉跟我说，他绝不会去发证中心登记个人信息，也绝不会去领取上面只标注着国籍"阿富汗人"的新一代身份证。"我是塔吉克族，这是谁都无法改变的事实。"他坚定地说。

10 和平之路

　　阿富汗的政治乱局与旷日持久的战乱，除了与它内部固有的民族、部落、军阀、武装团伙之间的矛盾与冲突有关外，也与外部势力的深度介入与博弈有密切联系。这块位于西亚、南亚、中亚和东亚之间的亚洲腹地自古以来就深受地缘政治的影响。千百年来，希腊人、大月氏人、嚈哒人、阿拉伯人、波斯人、蒙古人、突厥人等你方唱罢我登场，在这片土地上上演了一幕幕征服、杀戮、开疆、统治、反抗等传奇故事。近代以来，这里是19世纪英国与俄国"大博弈"的主战场之一，三次英阿战争奠定了现代阿富汗的版图。冷战时期，苏联直接派兵插手阿富汗事务，美国、巴基斯坦和沙特等国大力支持各派游击队武装抗击苏联，这十年战争除了给阿富汗带来满目疮痍之外，更为日后国内发生大规模内战和塔利班的崛起提供了土壤。内战及军阀混战时期，阿富汗周边国家出于各自的战略利益，扶持不同的代理人。

2001年将塔利班赶下台之后，美国主导了阿富汗战后的政治重建工作，扶持卡尔扎伊上台、协助修改宪法等。如今美国在阿富汗国内政治与外交上具有举足轻重的影响力，这是其他任何国家都无法企及的。2014年阿富汗大选期间，时任美国总统奥巴马多次与两位候选人通电话，调解双方的争议。时任国务卿克里多次亲赴喀布尔，终于促成了双方就未来政府架构与权力的分配达成共识。阿什拉夫·加尼和阿卜杜拉·阿卜杜拉在就职后，于2015年春天联袂访问美国，此举颇有尘埃落定后感谢美国之意。加尼对美国与阿富汗政府这种特殊关系也毫不讳言，在接受英国广播公司的采访时，他非常坦白地承认，没有美军，阿富汗政府军在面对塔利班时撑不了半年，这话对熟知阿富汗事务的人来说，并不意外。

说来也怪，美国的影响力无处不在，但在喀布尔的大街上却看不到一个美国人。我每次去阿富汗驻迪拜总领事馆办理签证的时候，大厅里总是挤满了美国人。在迪拜飞往喀布尔的飞机上，也总是能够见到美国人的身影，听到纯正的美式英语。然而一出机场，这些人就消失得无影无踪。

　　他们并非无迹可寻，在塔吉克斯坦驻阿富汗大使馆门前的一条街道上，低矮的黄色土坯房子门前挂着各种军用马甲和背包，走进这里任何一家军品店，坑洼的地面上、满是划痕的玻璃柜台里，到处都凌乱地堆放着各种军用物品，店主一看你是外国人，立即吩咐店里的伙计去端茶，同时会主动凑上前来，骄傲又略带几分神秘地向你介绍他店里的"宝贝"，"您想要点什么？看看，这军刀、这夜视仪、这指南针，都是货真价实的美国货，要吗？给你便宜点。"若看出你是个军迷，他就会伸出手，在一堆物品的深处掏出一个小盒，慢慢地打开，"你看这指南针，专业的美军装备，我看你懂行的，才拿出来这最好的一件。""您要军刀啊，有，你看这把M9多功能刺刀，轻松砍断电线！再看看这把'夜魔'刀，造型多酷！"若看出你对"硬货"兴趣不大，他就会立即转向军靴等日常能用到的装备。如果你实在没什么想买的，伙计的红茶就会立即端到你面前，"没关系，您先喝喝茶，将来可以介绍朋友过来，"说着，从上衣兜里掏出一张印着名字和电话号码的名片，"这是我的名片，您要有需要，可以给我打电话，我直接送货上门。"

　　这些流落到市面的美军装备，通常都是在各美军基地工作的当地人通过各种渠道弄出来的。美军基地和军营，是各武装团队最优先袭击的目标之一，那里也是阿富汗安保最严密的所在。在这种情况下，当地人依然有能力将美军装备转运到基地之外，摆放在喀布尔不起眼的街边小店，足见阿富汗商人的神通广大。

我还去过一次位于喀布尔到贾拉拉巴德公路边的"绿村"，那是一座大型宾馆，但更像是一处军营。高墙大院，戒备森严，坚实的水泥墩筑成的反火箭弹设施一应俱全。这里住着联合国雇员、美军承包商和不同国家的人。"绿村"的商店里可以买到当季最新的阿迪达斯运动鞋，游泳池内身穿比基尼的女性和穿着短裤的男性一起游泳，足球场上身穿运动服的男人们在跑来跑去。走进室内的大厅，有的人拿着红酒、听着流行音乐，有的在轻声交谈。这是专属于另一种生活方式的地方，在喀布尔待久了，会觉得这样的生活似乎离自己极其遥远，不太真实。一道高墙，将这里与墙外的喀布尔隔成两个世界。

经过18年的战争，美国已然明白了一个道理：靠武力永远无法解决阿富汗问题，要想实现真正的和平，只能通过政治进程。在刚上任半年之后，美国总统特朗普就宣布了美国的阿富汗新战略，强调美军将依据实际战况，而非提前拟定的时间表做出军事行动选择；美国对塔利班与其他武装组织将采取不同的策略：对于"伊斯兰国"和"基地"组织，美国的目标是军事打击，直到将他们消灭为止；而对于塔利班，美国的策略则是以打促谈，通过军事上的震慑与打击，让塔利班意识到它无法通过武力推翻政府，只能坐下来谈判，通过政治方式解决问题。

美国的这一想法听起来似乎很美，然而了解阿富汗局势的人都不会对它抱有过多的期待和热忱。在奥巴马时期，部署在阿富汗的美军一度达到10万人之众，这样的规模再加上世界上最先进的武器和作战系统都没能让只有"一战""二战"时期古董步枪和自制火箭筒的塔利班屈服，遑论是新增的几万人马。塔利班是对重掌阿富汗政权有着堂吉诃德般的执着与不懈追求，下台后的18年间，它每年都要发动"春季攻势"，在城市里搞爆炸、在农村打游击。作为一支扎根于阿富汗的民间武装，它在自己的国土上耗得起，而外来的美国人耗不起。

塔利班并不是完全拒绝和谈，它在海湾国家卡塔尔设立了政治办公室，同有关各方曾有过密切的接触与沟通。虽然这些会晤的具体内容与细节外界无从得知，但有一点可以肯定的是，无论在何种场合，塔利班众多的条件中总有一句话：所有外国军事力量必须全部撤出阿富汗。这显然是阿富汗政府不能接受的条件，美国也不认同。人们心知肚明，没有美军的存在，塔利班击败阿富汗国家安全部队，重新打下阿富汗只是时间问题。如此一来，美国多年来巨大的重建努力与投入，包括推翻塔利班政权、修改宪法、实现形式上的民主、提高女性权益等所有成果顷刻间就会化为乌有，这是美国政府无论如何都无法承受的可怕后果。

与塔利班方面就阿富汗问题进行的谈判在2018年发生了一个显著的变化。7月，在坚持了多年拒绝单独与塔利班谈判之后，美国方面放出风来，表示愿意与后者举行会谈。美国国务院负责南亚与中亚事务的助理国务卿帮办艾丽斯·韦尔斯先后访问喀布尔、伊斯兰堡，并与塔利班在卡塔尔举行了美塔首次双边直接接触。塔利班在会后表示"会谈气氛积极、磋商有用"，美国国务院方面则谨慎得多，表示韦尔斯访问多哈"致力于通过各种渠道在阿富汗和平进程中取得进展"。9月，美国国务卿蓬佩奥任命资深外交官、阿富汗裔美国人扎尔梅·哈利勒扎德为美国国务院阿富汗和解特别代表，加速推进和平谈判进程。

扎尔梅·哈利勒扎德堪称是一位传奇人物。他1951年3月22日出生于阿富汗北部重镇马扎里沙里夫，本科与硕士研究生均毕业于中东名校——黎巴嫩贝鲁特美国大学，后赴美国芝加哥大学攻读博士学位。早在20世纪80年代，哈利勒扎德就已经是美国前总统里根的阿富汗事务顾问。阿富汗前总统卡尔扎伊正是通过他结识了策划老布什当选的共和党内部人士。[1]小布什政府时期，他先后出任美国驻阿富汗和伊拉克大使，是华盛顿精英圈子中为数不多的阿富汗裔人士。

哈利勒扎德与阿富汗总统阿什拉夫·加尼是旧相识，他们的人生轨迹，如同那个年代众多赴西方求学的阿富汗学子一样，也多有重合。据加尼介绍，他们最初相识还是在高中时期，两人与其他人一道，作为交换生到美国进行交流。后来，又都前往贝鲁特美国大学攻读学位，并分别娶了黎巴嫩女子为妻。两人又都曾留学美国名校，哈利勒扎德是芝加哥大学的博士，加尼则是哥伦比亚大学的博士。毕业后，两人都在美国社会站稳脚跟：哈利勒扎德先是在哥伦比亚大学任教，后进入美国国务院，开始了外交官生涯；加尼的职业轨迹也颇为相似，他先后在加州大学伯克利分校和约翰斯·霍普金斯大学任教，后又在世界银

---

1 安萨利.无规则游戏——阿富汗屡被中断的历史[M].钟鹰翔，译.杭州：浙江人民出版社，2018：296.

行工作。塔利班下台后，他返回阿富汗，在卡尔扎伊政府担任财政部长。

令人颇感意外的是，多年的熟识与相似的人生轨迹并没有拉近两人的距离，在双方的一次会面中，加尼曾当众说："这不是扎尔（对扎尔梅·哈利勒扎德名字的昵称）和阿什拉夫两个人的事，而是美国和阿富汗之间的事。"

后来发生的诸多事情，似乎也印证了两人不和的传闻。哈利勒扎德凭借着自己对阿富汗各方势力的熟识和自己多年外交工作的长袖善舞，甫一上任，就紧锣密鼓地促成了塔利班与美国在阿联酋的会谈。在他的积极努力下，塔利班与美国之间的谈判喜讯频传： 2019年1月末，哈利勒扎德表示，美国与塔利班在反恐与撤军问题上取得"重大进展"；紧接着，从2月25日开始，双方又在多哈进行了长达六周的谈判；3月中旬，哈利勒扎德在推特上发文称，阿富汗和平需要在以下4个方面达成协议，即：反恐保证（指的是塔利班不庇护包括"基地"组织在内的各种恐怖组织）、撤军（指的是美国及北约部队撤出阿富汗）、阿富汗人之间的对话与全面停火。双方同意就前两点，即反恐与撤军问题起草声明。

哈利勒扎德与塔利班的会谈取得了一定的进展，却引起了阿富汗政府的强烈不满，因为这几轮和谈是美国与塔利班直接谈，完全将阿富汗政府排除在外。阿富汗政府官员认为这样的和谈并不具有代表性，也不是国际社会一直倡导的"阿人主导 阿人所有"的政治和解进程。总统加尼的国家安全顾问哈姆杜拉·穆希卜言辞激烈地抨击哈利勒扎德将阿富汗政府排除在和谈之外的行为使阿政府失去合法性，他在阿富汗表现的就像太上皇一样专横跋扈。当然美国方面也没对这位高官客气，美国国务院负责政治事务的副国务卿大卫·黑尔直接打电话给加尼，表示美国从此不会再与穆希卜有任何往来。不甘被边缘化的加尼祭出了自己的一招，召开阿富汗社会传统的议事会议——大支尔格会议，召集全国上下有头面的人物，坐到一起，共同商议事关结束阿富汗40年战争的国家大事。

除了政府，民众对于美国与塔利班的和谈也是五味杂陈，他们当然希望自己的国家在经历了40年的战乱之后能够实现久违的和平。但他们，尤其是女性，又害怕自己在后塔利班时代享有的自由与权益会被塔利班无情剥夺。更糟糕的是，自己作为阿富汗人，却对和谈没有任何话语权与影响力，只能等着美国与塔利班双方"赐予"他们一个不确定的未来。

阿富汗政府的冷眼与民众的不信任都没有阻止哈利勒

扎德与塔利班接触，谈判进行了9轮，双方离签署协议似乎越来越近。哈利勒扎德在接受阿富汗媒体采访时曾透露，美方与塔利班已经就协议草案的内容"达成一致"。但当他把这份经过1年时间达成的协议草案文本摆到美国政客的案头时，国会两党众多参议员和众议员纷纷摇头，国务卿蓬佩奥更是怒不可遏，拒绝在文本上签字，他们指责这份草案中塔利班并没有做出什么实质性妥协或让步，而美方则做出了不对等的过多承诺。当地时间2019年9月7日，美国总统特朗普宣布，取消原定于次日与塔利班领导人举行的戴维营会谈，叫停和平谈判。美国与塔利班的双边会谈就这样陷入僵局。

许多当地人拍手称快，认为拟定中的草案并不能给阿富汗带来真正的和平，而只是美国为急于从阿富汗抽身而做出的一种姿态。也有一些人漠不关心，毕竟，他们完全被排除在谈判进程之外，而且，他们怀疑，即使未来某一天，美国与塔利班真的签署了某种形式的协议，双方执行协议的诚意与意愿恐怕也有待检验。

放眼到阿富汗全局看，强大的外部势力干预、孱弱且内部矛盾丛生的中央政府、国内族群间的矛盾、大小军阀之间的明争暗斗以及武装分子活跃的军事活动叠加在一起，阿富汗实现真正和平与稳定的前景依然比较渺茫。

第三章

逃离阿富汗

11　拉赫玛尼的出走

　　2015年元宵节，我们几个中国人在红姐的中餐馆聚餐。在阿富汗的中国人不多，每到逢年过节，大家都愿意到红姐的餐厅坐坐，一起热闹热闹。推杯换盏之间能让人短暂地放松紧绷的神经，忘却身处乱世的苦闷。席间结识了英国《卫报》驻阿富汗的记者艾玛·哈里森。这个身高快有一米八的金发女郎在阿富汗常驻了五年多。在此之前她曾常驻中国五六年，说一口流利的汉语，酒量极佳，因此常混迹在旅居阿富汗的中国人圈子里。我向她抱怨在喀布尔只能每天吃烤肉和馕，问她哪里可以吃到别的阿富汗菜，她的回答是那个微醺的夜晚让我一直记忆犹新的一句话："最好的阿富汗菜在加利福尼亚。"

　　在小说《追风筝的人》中，男主角阿米尔的富商爸爸在苏联入侵阿富汗时期就出逃，先是到了巴基斯坦，后来又去了美国。1979年开始的苏联入侵以及抗苏战争后的军阀混战期间是阿富汗精英阶层出走的高峰期，那些有钱的、有知识、有文化、有能力的，能移民的都移民了，而这些人大都去了欧洲和美国，随着这些人的离去，那些曾经流行于上层和中产阶级社会的正宗阿富汗美食也随之远离了故土。我没去过加利福尼亚，但我相信艾玛的话，因为这种故事至今依然在上演。

如同"最好吃的阿富汗菜在加利福尼亚"一样，"在阿富汗，在天上比在地上安全"。阿富汗历史上第一位固定翼飞机女飞行员尼鲁法尔·拉赫玛尼轻描淡写的一句话，同样让我印象深刻。

第一次读到拉赫玛尼的故事是在阿富汗当地的一家报纸上，文章没仔细看，配图却让人过目不忘。这位阿富汗"90后"女飞行员站在她的战机前，戴着墨镜，英姿飒爽，这是我第一次见到阿富汗女性在公开场合戴墨镜。自那以后，我就一直想着找个机会去采访她，但那时事务缠身，再加上阿军方的限制，始终没有得到机会。

又过了大概两个多月，2015年4月初，突然接到阿富汗军方的通知，要组织喀布尔的媒体记者去南部赫尔曼德省采访，那是塔利班最活跃的省份之一。出发前，军方并没有告知我们此行的目的，所以集合在喀布尔机场的记者们

飞跃加兹尼上空，山谷里的绿洲很美，却也是塔利班出没的地方

都对前方可能发生的大新闻感到异常兴奋，我们一行大概十七八个记者分成两拨，分别登上了两架八人座的螺旋桨军用运输机。

那是一次有趣而难忘的飞行体验，小飞机遇到气流时会发生较强的颠簸，在我们刚飞出喀布尔没多久，飞机剧烈颠簸，接着开始急剧下降，前一秒还有说有笑的机舱内众人齐声大喊："安拉！""安拉！"我们飞过阿富汗中部的崇山峻岭，山顶上覆盖着皑皑的白雪，高大的山体寸草不生，山谷中涓涓细流，宛如一根根细线，蜿蜒流淌。沿着小溪流两旁，有片片狭窄的绿洲，溪边高大的杨树像利剑一样插向上方，正当我沉醉于这样的美景时，旁边一位阿富汗当地媒体的记者朝我挤挤眼，"这是加兹尼省的上空，"他抬起左手，在脖子上来回摆动，做出杀人的动作，"塔利班"，他轻声说道。我从窗边缩回头去，想着这样的美景中竟蕴藏着杀机，不免惋惜。

飞到南方后，山岭被一望无际的平原代替，开阔的赫尔曼德河出现在飞机下方，沿着河的方向有大片的绿洲，绿洲的边缘则是黄色的沙漠。沙漠中出现了碧绿的一汪湖水，调皮的飞行员故意调整飞机的航线，降低飞行高度，让我们近距离地拍摄这个沙漠中的湖。

赫尔曼德河在阿富汗南部大漠中静静流淌

赫尔曼德河上的卡加基水库

飞过大湖后，我们就开始缓缓下降，前方的荒漠中出现了一条狭长的飞机跑道。飞机降落后，我们才发现，军方带我们来的是一处大型军事基地。这座名为绍拉巴克的军事基地由英国人于2005年建造，是"二战"后英国在海外建立的规模最大的军事基地，2014年移交阿富汗国家安全部队。阿富汗国防部人士告诫所有记者，由于赫尔曼德严峻的安全形势，任何人均不得离开这座营地。我们在军营里待了一天，也没有人告诉我们到底要拍摄什么、采访谁。傍晚，大家脱下外套，组织了一场排球比赛，排球划过天空，在夕阳中留下一道道完美的弧线。据我观察，在阿富汗，排球是仅次于板球的最受欢迎的体育项目，男人们没事总是聚在院子里，支两根杆子，拉一张网，来一场排球赛。中场休息时，一位当地记者走到我面前，用手指了指军事基地的院墙，表情凝重地说："这时候如果塔利班冲进来，大家都得死。"他说这话时就站在阿富汗南方温暖的夕阳下，这样安静的夕阳中也蕴藏着杀机，在阿富汗，美与死亡似乎是一对孪生兄弟，形影不离。

晚上，我们被安排在军营中一排宿舍休息。军营里的宿舍条件简陋，屋里没有任何家具，也没有床，只有两张磨破的军绿色海绵床垫。由于房间数量不够，我和摄像欧拜被单独安排在另外一排宿舍的屋子里，与其他记者分

绍拉巴克军事基地里的机场

散了开来。没想到晚上开饭的时候我俩竟被落在了房中。我们摸黑在军营中到处寻找，最后依然没有找到食堂的所在，只好饿着肚子悻悻而归。没有网络的屋子里，我和欧拜百无聊赖，听着彼此肚子咕咕地叫，埋怨这里的新闻官连我这张记者队伍中唯一的东亚面孔外国人都能遗忘。直到晚上十点多，此前负责接洽的新闻官才敲门进来，说实在抱歉，把你们忘了。我起初十分生气，但看到他手里的馕和米饭，顿时就决定不再和他计较。赫尔曼德的夜静悄悄的，连一丝风声都没有，没有电视、没有网络，也没有书籍，躺在床垫子上，有一种不知自己身在何处的落寂之感。

　　第二天一大早，我们被拉到军营里一处巨大的会堂中，直到这时，才知道此行的目的原来是军方宣布他们成功地肃清了盘踞在赫尔曼德省桑金地区的塔利班武装分子。原本期待着跟军方一起到战地前线去的记者们都非常失望。但阿富汗军方显然对自己的战绩非常得意，高层领导宣布了政府收复桑金地区后，我们又来到了一处巨大的体育场，看台上坐着赫尔曼德各地来的普什图长老，他们穿着传统服饰、头上戴着各式头巾。看台下，军方展示了他们收缴的塔利班各式武器，一些步枪有的比第一次世界大战时用的枪还要古老，这些本该是摆在博物馆里的古董居然还能使用，很难相信操着这些老掉牙武器的塔利班当年居然能够打下阿富汗全国大部分地区，在被赶下台后，仍然能一直和美军及阿政府军周旋这么多年。

当天下午，我们乘飞机返回喀布尔，我坐在后排，下飞机的时候，突然看到前方一阵骚动，有人急忙端起相机，有人则顺势从裤兜中掏出手机一阵狂拍，下了飞机后才发现，他们围观拍照的正是驾驶着另一架飞机的飞行员拉赫玛尼。她昂扬挺拔的身姿在喀布尔春天的暖阳下更加熠熠生辉，浑身上下散发着不同于一般阿富汗女性的坚毅和自信。一定得赶紧把对她的采访提上议事日程，我心里默默念到。

过了整整一个月，阿富汗军方终于批准了我们的采访申请。5月8日一大早，我们赶到了喀布尔机场，绕到后门，经过层层安检，穿过一道又一道大门，在军用飞机停机坪上，见到了23岁的尼鲁法尔·拉赫玛尼。她披着一条黑色的头巾，墨镜后是柳叶般弯弯的眉毛，画得整齐修长。她身穿一套赭色的空军飞行员制服，那是阿富汗寸草不生的荒山的颜色。腰间系着黑色的战术腰带，上面挂着手枪枪套。

拉赫玛尼站在自己的飞机前，缓缓地向我们讲述着她的故事。她说你们可能都读过美籍阿富汗裔作家胡赛尼的《追风筝的人》，我点了点头。她接着说，阿富汗小孩都特别喜欢放风筝，她之所以选择开飞机，就是源于自己童年时的一个愿望：要是能像风筝一样在天上自由翱翔该多好。所以17岁高中毕业后，她应征入伍，加入空军，开始学习开飞机。然而，学习开飞机谈何容易，阿富汗空军方面请的是美国人授课，所有课程都是用英语进行，起初，高中毕业的拉赫玛尼听起课来很吃力。为此，她花了将近一年时间苦练英语，学习才有了起色，期间她还曾赴美国进行飞行方面的培训。2012年，她正式毕业，成为阿富汗有史以来第一位固定翼飞机女飞行员。

　　既是军人，又是职业女性，这双重身份自然成了塔利班的眼中钉。 2013年初，拉赫玛尼刚被派到喀布尔执行任务，塔利班就派人给她家送去一封信，威胁让她辞职，否则性命不保。拉赫玛尼和她的家人不得不来回搬家来躲避三番五次的威胁。2015年，她因为"勇于冲破阻力，坚守自己的梦想"，获得美国国务院颁发的世界妇女勇气奖。她说除了自己的飞行梦，她的存在对社会地位普遍较低的阿富汗女性也具有很强的榜样和示范作用。

　　"我还有很远很远的路要走，未来是很光明的。我得为其他阿富汗女性树立榜样，做一名飞行员教练，来培训年轻一代阿富汗人（开飞机）。"这次采访让我很感动，因为拉赫玛尼身上展现出的那种不屈、那种坚毅、那种由内而外散发出的自信，正是这个饱受战乱和极端主义困扰的国家的女性所需要的！

事情后来的发展却并没有像拉赫玛尼当初说的那样充满正能量。2016年，她在前往美国训练期间突然向美国政府提出避难申请，理由是她本人和家人受到塔利班的死亡威胁。此举在阿富汗引起了巨大的争议，阿富汗政府谴责她捏造事实，普通民众则认为她是逃兵，指责她身为军人滞留美国是背叛自己的国家。"受到塔利班的生命威胁"，这是某些阿富汗人在面对媒体或寻求向外国移民时说得最多的一个理由。它可能是真的，因为就像在昆都士发生过的那样，塔利班会逮捕、虐待甚至是杀死一些社会活动人士；但它也可能是假的，或者说并没有像一些人在接受采访时或者申请移民时所说的那么严重。所以，真真假假，外人很难判断。

两年以后，2018年5月，美国政府正式批准了拉赫玛尼的避难申请，这位阿富汗历史上首位固定翼飞机女飞行员成了延续近四十年的精英逃离阿富汗的最新案例。

12 维萨勒的等待

从喀布尔新城一座商场门口向右拐，穿过一条之字形的小巷，走到一座三层小楼的顶层，敲开门，我见到了穆罕默德·维萨勒。他穿着一套灰色的西装，高高的发际线表明他已经开始脱发，尽管如此，他看上去依旧十分精神，有着某些阿富汗男人那种特有的灵活。他把我们迎进了一间挂着橙色窗帘的房间，午后的阳光透过窗帘，给屋里撒上一片金黄的色彩。

我们坐定以后，他拿出一堆文件和照片摆在地毯上："你看，这些都是各种证明材料。"维萨勒挠了挠光亮的前额。我拿起其中的一张纸，上面写道："2012年12月，穆罕默德·维萨勒参与解救一名被绑架的（美军）士兵。在一个安全检查站，他正在为美军提供翻译服务，就在此时，有一位同样在过安检的司机对他产生了敌意。因为他帮助美国人，这个司机威胁说，如果再次看到他，就会把他杀死。"信的底部有美国陆军某部的印章和领导的签字。这是美军给维萨勒出具的一封证明信，证明这个22岁的小伙子曾经因为帮助美军遭受到一次死亡威胁。

"当初为什么会给美国人工作？你应该知道这对你十分危险。"我开门见山地问道。

"因为美军承诺工作满一年就可以给绿卡，我想去美国生活。"他丝毫没有犹豫地说道，在这个仍然讲究东方式客套礼仪和婉转说话方式的国家，他这样的直接让我颇为惊讶。看得出，受西方文化的影响，他喜欢直来直去的说话方式，正如我们进到他的房间后，他没有像其他阿富汗人那样寒暄个没完，而是径直就拿出了我们想要看的东西。

"你看，这是2013年，我和美国人在坎大哈前线拍的。"他从地毯上的一堆照片中挑出来一张，指给我看。照片中，一名年轻的美军士兵穿着迷彩服、戴着太阳镜，酷酷地站在一排坦克前方。维萨勒头上披着一块围巾，站在这位美国大兵旁边，露出自信的笑容。

"我在高中时就学的英语，后来考上了喀布尔大学英语系。2012年，我还是大一的学生，得知美国人在招英语翻译，就去报了名。"他端起地毯上的一杯红茶，呷了一口。

"可你还没毕业，怎么会想到要中断学业去找工作呢？"我挪了挪盘着的腿，有些困惑地问道。

"坦率地讲，反正大学毕业也几乎找不到工作，想去美国，那是非常难得的一次机遇，"他放下茶杯，把一只手拄在腿上，另一只手摩挲着下巴，"那次报名的人很多，最后一共5个人入职，就包括我。"他再次从那堆照片中翻出一张，用手指了指，"你看，就是我们这几个人。"我接过照片，看到5个阿富汗年轻人肩并肩站在一块空地上，高矮不一，有胖有瘦，脸上都挂着浅浅的笑。

这种笑并没有持续多久。"左边第二个，对，就是那个脖子上挂着黑白方格围巾的，我们入职没多久，他就被派到乌鲁兹甘省，那个省份你知道吧？"他用手指了指照片，抬起头看着我。"我知道，南部省份，塔利班最活跃的地区之一。"他点点头，对我意会到他话中所指的危险感到满意。"刚派到乌鲁兹甘还不到半个月，在一次战斗中，就被敌人一枪射中了胸口，在美国人的营地中没能抢救过来。"他放下了刚才那只一直在摩挲着下巴的手，抿了抿嘴。"你和他熟吗？"我看着照片，仔细打量着左边第二个阿富汗小伙的样子，他眉毛很浓，左边脸颊上有一颗圆形的痣。个子不算高，但看上去很结实。"不太熟，我只知道他和我同岁，那时都19岁，是巴达赫尚人。"

说完后，他动了动嘴唇，想再说点什么，却欲言又止。屋子里突然安静下来。他站起身，走到窗边，拉开橘色的窗帘，午后的阳光射入屋内，能看到空气中细小的灰尘正在飘舞。

不知道为什么，我突然觉得这种冷场有些尴尬，只好拿起茶，喝了一口："那其他几个人呢？"我想打破这种沉默。

"其他3个都没能坚持到一年合同期满。虽然当初招聘时美军已经告知了这份工作具有一定的危险性，我们也有所准备，但坦率地讲，真到了前线，才发现实在是太危险了。我们5个人最后只有我干满了一年。"他依旧站在窗边，眼睛看着窗外。

"我再给你看张照片，"他说着，从窗边走过来，重新又坐到我对面，拿起另一张照片，"对，就是这张，你看看这是什么？"他指了指。照片中间大部分一片漆黑，在上方隐约能看到几根木头，地上有不少弹头和烟头。我仔细端详了半天，也没看出来那到底什么，只好摇了摇头。

"这是一处地下室，我的腿就是在这里被塔利班打伤的。"维萨勒说话的语气很平和，语速一如既往的快，"那是2013年9月的一天，我们去坎大哈城郊去执行任务，挨家挨户地搜查武装分子的藏匿地点。行动都快结束的时候，在一家人的卧室地毯下面发现了一处圆形的井盖，一名美军士兵打开入口，看到里面是一条黑黢黢的地道，他第一个跳下去，我紧随其后。里面漆黑一片，他戴上夜视仪，举着M-16突击步枪，沿着地道边猫着腰向前走，我跟在他后面，还没等第二名士兵跳下来，前方无尽的黑洞中突然'嗒嗒嗒'地响起枪声，威廉——就是我前面的大兵迅速趴下，开火还击，我反应慢了一步，没有趴下，而是把身体侧过去，紧贴着墙，想顺着墙坐下去，就在此时，一枚子弹击中了我的腿，我立即摔倒在地。后面的人听到地道里面有枪声，立即跳下来增援，最后把里面的塔利班都打死了。"维萨勒摸了摸自己的小腿，"现在这里还有弹片。"

　　他再次站起来，走到窗边，从口袋里掏出一根烟，开始抽起来。我仔细地打量着他的房间，里面布置得很简单：我对面是一面暗红色的橱柜，柜子的格子里摆着一台只有笔记本电脑般大小的老式黑白电视机，旁边放着一个热水壶和几只杯子，其余的格子里都是零零散散的各种文件。橱柜与窗帘之间挂着一条晾衣绳，上面挂了几条不同颜色的领带，除此之外，别无他物。"是一个单身男人的房间。"我心想。

"其实危险不仅来自于前线，"他弹了弹手指，烟灰落到窗台上的烟灰缸中。"塔利班情报工作真的很可怕，你知道吗？两年来我从未对任何人说起过自己和美国人一起工作，不论是老师、同学还是朋友，我对外一律宣称自己在赫拉特一家非政府组织上班。即便如此，塔利班还是知道了我的底细。"他叹了口气，吐了一个小小的烟圈，在空中慢慢扩散，直到破碎、消失。

"他们去巴格兰省我老家找过我母亲两次，一次是白天，一次是晚上。进门后就是一顿乱翻，找不到人就逼迫我妈交代我的下落，虽然他们没有对她动手，但在我们的文化中，陌生男人闯入女人的家里是非常侮辱人的行为，一想到是我才使母亲遭受到这样的屈辱，就觉得很气愤。"他依旧站在窗边，猛吸了一口烟，这次没有吐烟圈，而是从两个鼻孔里喷出两条烟柱。我刚要开口问问他家里的情况，他似乎已经知道了我的想法，"我父亲去世多年了，死于军阀混战的年代。我们家和其他阿富汗家庭不一样，没有一大家子人，只有我母亲和我两个。"

"那你将来去了美国，你母亲怎么办？"

这时，他终于抽完了烟，把烟蒂摁到烟灰缸里掐灭，重新坐到我对面，"我先过去，美国那边不是有家庭团聚计划吗？等我安顿好了以后再把她接过去。"

2013年底，维萨勒合同到期后，正式向美国驻阿富汗大使馆递交签证申请。"材料递交上去之后，一直杳无音信。我发邮件过去询问进展，三四个月后才收到回复，说材料正在审核中。"

这一等就是两年。

"我这两年过得很艰难。平时根本不敢回巴格兰老家，要回也只能偷着回，怕被塔利班知道。"维萨勒把手抬起来，指了指自己的房子，"这是我在喀布尔的第四个住所了，每隔半年左右我就得搬一次家。"他顿了顿，看着我，若有所思地说道，"永远不要小看塔利班，他们想找你，真的随时都能找到你。"

"那你觉得自己还能去得了美国吗？"

"坦率地讲，我不知道。但我觉得这事儿能成。他们美国人需要时间，我能做的，也就只有等待。"他翘了翘嘴角，耸了耸肩膀。

13　逃亡之路

　　阿富汗普通人没有拉赫玛尼那样的运气，也不会有维萨勒这样的渠道。在苏联人撤离后的内战和塔利班统治时期，当年没有走掉的阿富汗人又踏上了出逃之路，只不过早期出走的是中上阶层，塔利班时期走的却是普通百姓；当年那些人去的是欧美，后来这些人去的是邻国巴基斯坦或者伊朗。

　　2001年，曾经风光无限地在坎大哈群众面前穿上先知穆罕默德斗篷的塔利班领导人奥马尔自己也踏上了逃亡之路，在一个月黑风高的夜晚，仓皇逃到了巴基斯坦和阿富汗交界的深山之中。然而，塔利班下台后，阿富汗的局势并没有好转。经过几年的蛰伏，塔利班再次卷土重来，在阿富汗全国各地发动各种爆炸与袭击。18年来，无数平民死于战火之中。

　　逃离，再次成为人们的选择。2015年的夏天，阿富汗启动手写护照换发电子护照工作，护照办公室的工作人员每天早上7点上班，两班倒到晚上11点才下班，8台护照打印机全力运转，仍无法满足人们申请和换领护照的需要。阿富汗全国各地的男人、女人、老人和孩子都来了，有的甚至通宵在此排队。早上6点多，办公室外面的队伍已经排到了整条小巷的外面。院子里，人们或蹲或坐，将整个办公室院子里三层外三层地围了个水泄不通。他们都是很多天前就已经提交办理护照所需材料的人，当天来到这里等待工作人员叫号，以便查看自己的资料是否已经审核完毕。

　　来自阿富汗东部帕克蒂亚省的伊萨·拉赫曼说他只有17岁，但我看他眼眶深陷、无精打采的样子少说也有25岁。他蹲在那里，用手托着下巴，等待叫号。17天前的凌晨一点，他来这里排队五六个小时，才把申请护照的材料递交上去。我问他为什么申请护照，他说自己因为给外国公司工作而遭到塔利班的报复，收到过好几次死亡威胁电话，自己不敢再在这里待下去了，想去德国。"谁不想过美好舒服的生活呢！"

　　人群中另一个来自楠格哈尔省的高中生马苏德看起来

161

要精神很多，他头发梳得整齐，说话时牙齿露在外面，看起来有点像兔子，还有两个月就高中毕业的他说自己一分钟都不想再在阿富汗待下去，如果能走，毕业证也不打算要了。

"天天爆炸袭击我们真是受够了！"

"那你知道去欧洲这一路有多艰险吗？"我问。

"我知道，但那边至少没有战乱。"

2015年，欧洲移民潮爆发，每天都有成千上万的中东人和非洲人踏上西去和北上的路。这些人中有的是真正因战乱而逃离家园的难民，比如叙利亚人和伊拉克人，有的则是来自摩洛哥、伊朗等非战乱国家，他们是去欧洲寻找更好生活的移民。非洲人通常会选择从利比亚等地坐船横穿地中海到意大利，由此进入欧洲。而中东的叙利亚、伊拉克和阿富汗等国的难民和移民，则一般会取道土耳其，经爱琴海或陆路抵达希腊或保加利亚，从那里开始一路北上，经巴尔干半岛，到达德国或瑞典等地。

我见过难民潮的样子。伊斯坦布尔伊赫桑长途客运站是土耳其西部最大的客运集散地，每天有数十辆班车从这里出发前往土耳其—希腊边境城市埃迪尔内。2015年9

月，土耳其内政部下令，禁止外国难民离开其登记注册的城市，客运公司也不得将车票出售给来自叙利亚、伊拉克和阿富汗等国的难民。上千名叙利亚难民聚集在客运站，抗议土耳其政府关闭土耳其希腊边境口岸，阻断他们赴欧之路。成百上千的男人们站在站台上，手挽着手，高喊："不要食物、也不要水，让我们走！"女人和孩子们坐在车站旁边的阴凉处，拍着手，齐声喊："UNICEF, UNICEF[1]！"队伍中，有花白头发的父亲，有两三岁的小女孩，有坐在轮椅上的残疾人，还有在树荫下睡觉的年轻人。

　　人群中，我注意了一个小姑娘，她戴着白底天青色花的头巾，嘴里叼着一根烟，显出了与这个年龄段不符的成熟，又有这个年龄段女生特有的叛逆。她叫玛利亚姆，来自叙利亚首都大马士革，17岁。叙利亚危机爆发后，她随父母辗转去了埃及，又从埃及到了沙特，然而在那两个国家都没有工作，生活陷入困境。她的父母因对未来去哪里产生分歧而离婚。因为受不了在外国寄人篱下的感觉，她父亲只身一人回到了仍处在战争中的叙利亚，母亲则带着她和妹妹来到土耳其。她们在土耳其生活了一年半，没有战争，但贫困同样可怕。玛利亚姆向我抱怨说，土耳其的

1　联合国儿童基金会的英文简称。

生活费用太高，她妈每天工作12小时，收入很少，一家人省吃俭用仍然不够用。

玛利亚姆一家走投无路，只好再次出走，这一次，她和母亲打算跟着姐姐的脚步到欧洲去。她姐姐21岁，一个多月前经海路到希腊，最后辗转到达了德国。玛利亚姆说她姐姐是和朋友一起坐船去的欧洲，中途船只倾覆，但幸运的是被附近驶过的一艘船救起，这才保住了性命。

土耳其防暴警察站成人墙，将示威人群圈定在车站的一角。墙内是烈日下叙利亚人的抗议与呐喊，墙外是土耳其人乘坐着大巴进进出出。一个车站，两个世界，并行不悖，相会却不交融。

不让坐车，难民们决定步行上路。从伊斯坦布尔到埃迪尔内240多公里长的高速公路上，长长的队伍一眼望不到头。在离埃迪尔内大约50公里处，难民队伍被土耳其警方拦下，近千名难民就在公路旁的小山坡上安营扎寨。人们在山坡上的灌木丛中撑四根木桩，上面和四周围上毯子，一个个这样的简易帐篷就这样做成了。新来的人陆续向山坡下面寻找空地，支起帐篷。女人们经过长途跋涉，筋疲力尽，纷纷躲在帐篷里睡觉，男人们坐在外面抽烟或者在玩手机。只有孩子们依然精力充沛，在帐篷和树林间的空地上嬉笑打闹。再往前走，埃迪尔内客运站里的情况也是如此。这是一场事关他们甚至是后代前途命运的长途迁徙，所有人都愿意冒险一试，毕竟，他们已经一无所有，不用再担心会失去什么。

最终，这些叙利亚难民还是被拦在了土耳其境内。后来，这些人中有的通过蛇头，冒险从土耳其西部海岸，趁着夜色，挤在一艘艘难民船上，躲过土耳其海岸警卫队的巡查，经受住地中海风高浪急的吹打，抵达希腊；有的在出海中途即被拦截，返回岸上；有的因为难民船事故，葬身于茫茫的大海之中；还有的看到离开无望，又返回到土耳其政府给他们登记的指定营地，期待战争结束后，返回自己的家乡。

这场难民潮对于阿富汗人来说是尴尬的，从名义上看，和伊拉克、叙利亚不一样，阿富汗战争早已结束，该国已经进入战后重建阶段。在部分欧洲国家看来，阿富汗人并不能算是真正的难民，而是为寻找更好生活而铤而走险的移民。但其实，阿富汗人面临的危险丝毫不比伊拉克人或者叙利亚人少。而且，他们中许多人的境况要比伊拉克人或叙利亚人更糟。

喀布尔某条烂路旁边，狂风卷起尘土遮天蔽日，扎齐亚一家就住在路边一处不是难民营的"难民营"。说它不是难民营，是因为阿富汗政府不承认这里居民的难民身份；说它是难民营，是因为它比我之前去过的任何一个中东国家的难民营条件都差。这是一处被人遗忘的角落：既没有联合国或外国慈善机构的资助，也没有当地政府的管理。几十顶帐篷胡乱地搭在一起，在这里走路很需要一番独特的技巧：帐篷间的距离窄得只容得下两个人偏身而过；头上满是密密麻麻的晾衣绳，须得低着头左躲右闪才能避免被勒住脖子；正行走间，前方突然冒出一根烟囱，这时又需侧身快速掠过，要不然迎接你的就是一脸黑烟；地上污水横流，泥泞不堪，下脚时须得左右腾挪，否则陷进去就是鞋袜全湿。

1995年2月的一天，一觉醒来的扎齐亚发现门外的大街上突然出现了大批缠着黑色头巾的塔利班战士，在随后的一段时间，从天而降的火箭弹巨大的爆炸声成了家人能够听到的唯一声响。一家人匆匆收拾好不多的行囊，几经辗转，逃到了巴基斯坦。2001年塔利班下台后，他们回到喀布尔西部的家乡，却发现当年的房子早已被夷为平地，就连土地也被当地游击队的小头目所占据，一家人无处可去，只好住进了这片全是帐篷搭建的贫民区。实际上，许多从国外回到阿富汗的人都面临着扎齐亚一家同样的局面，这也是战后喀布尔人口急速膨胀的一个重要原因。

　　扎齐亚一家7口挤在一个帐篷里，一住就是13年。夏天，一场雨就让这里变成一片沼泽，席地而睡的一家人不得不在地上铺几块木板，尽管如此，泥泞的地面蒸腾上来的潮气依然让人浑身难受。冬天，温度动辄可以达到-10℃，所有人家都烧炉子取暖，但烧什么却分等级：有钱人一般烧木头，家境一般的会烧煤，而穷人根本没有选择，捡到什么就烧什么。修车铺里用过的旧机油、有钱人家穿过的皮鞋或是街道两旁的塑料、纸盒，只要能烧的，统统被扎齐亚捡回来，坐在扎齐亚大妈家的帐篷里一小会儿，烧塑料的气味和烟灰已经让人头晕目眩。

　　黎巴嫩、约旦和土耳其的难民营里有联合国难民署、外国援助机构、慈善机构和各种非政府组织提供协助，难民的基本生活用品如水、电、食物和简单的药品等都能够得到保障。一位土耳其电信公司的负责人在接受媒体采访时曾表示，叙利亚难民来到土耳其的难民营，他们开口的第一句话，不是问有没有吃的或者喝的，而是：这里的Wi-Fi密码是多少。扎齐亚一家，没有人会问这个问题，因为他们知道，这在他们居住的地方，电力供应都无法保障，更别提Wi-Fi了。

　　对于拉赫曼、马苏德或者在护照办公室现场等待的其他人而言，他们这种没有正当理由申请去德国的，几乎都会被拒签。事实上，大家也都心知肚明，他们不会直接去德国大使馆申请签证。拿到护照后，他们大多会选择先去邻国伊朗，再转道土耳其，从那里加入到前往欧洲的难民大潮中，经过希腊、巴尔干半岛等地，最后到达德国。只是这些，他们没好意思当着我摄像机的镜头说罢了。

上午十点多了，在经过四个多小时的等待后，马苏德如愿地拿到了审核材料，接下来他还要到银行交费，再回来留指纹、扫描虹膜，然后再等两三天才能拿到护照。而拉赫曼当天则没有拿到审核材料，被告知第二天再来等消息，但他爸爸的材料好了。

"我去柏林，我爸爸去麦加。"他说。人生就是如此，面对生活的困境，一本护照，两代人做出了不同的选择。年轻人走向远方，寻求更加美好的生活；年长者走进内心，从信仰中找寻心灵的归宿。

第四章

乱世人生

14 喀布尔河上的"吸毒桥"

"你能想到的地狱的模样，不过就是喀布尔普里索赫塔桥下的场景"，这是我在2015年秋天写下的一句话，至今我依然觉得那是我在中东见过的最黑暗、最不堪入目的画面，比所有的爆炸现场更加让人触目惊心。

普里索赫塔桥看上去非常普通，就是一座钢筋混凝土桥，不长，大概两三百米的样子。那里是喀布尔的一处集市，桥上以及周边总是挤满了卖塑料茶缸和西红柿等商品的小商贩，行人们摩肩接踵，桥的周围总是笼罩在熙来攘往的人群走路带起的一片沙尘之中，从那里拍出的照片往往都会带有阿富汗特有的那种尘土昏黄的气息，一切似乎都是干旱的山城该有的样子。

但桥的下方，却是另一副模样。在一年中的大多数时候，普里索赫塔桥下的喀布尔河总是处于干涸的状态。由于桥面离河床并不高，从远处看，桥下黑洞洞的，并没有什么异常，但只需细细端详，就能看到黑漆漆的桥洞里有什么东西在蠕动。他们大多数时候没有声响，即使有，也淹没在桥上鼎沸的人群声中。

沿着河床继续朝着桥洞走。河床上全是石头，在石头中间尚未完全干涸的脏水这一滩、那一块，有的油黑发亮，有的泛着白沫，走近一点就能闻到一股恶臭。五颜六色的塑料袋和各种生活垃圾和河床上的石头一样多。走路的时候必须低头，才能小心地避开污水和垃圾。越往前走，桥洞里的蠕动越能看得更加清楚，没有激烈动作，似乎黑暗之中有一条巨大的蟒蛇在里面挪动。渐渐地，能够看到一些白色的小点，漂浮在那黑暗之中，像是黑色蟒蛇身上的斑点，它们偶尔会轻微浮动，但大多数时候是静静地悬在空中。不知道为什么，在喀布尔充足的阳光下，越接近桥洞就越毛骨悚然，但探求未知的好奇心同时又让人越发兴奋。我踩着脚下的石头，继续往前走。

黑暗中的白点渐渐成型，仔细一看，是人戴的头巾。随着脚步的迁移，桥洞下蠕动的东西也逐渐清晰：是一大群密密麻麻坐在地上的人，正在吸食哈希什[1]！我慢慢地走

---

1 印度大麻提取物，一种毒品。

进桥洞，顿时被里面的场景所震撼：不大的桥洞下面大约挤着一两百人，都是中年男性，破衣烂衫，蓬头垢面，或坐或蹲，三五人围成一团，正在吞云吐雾，地上到处都是废弃的烟盒和包装纸。一个穿蓝上衣的人正蹲在桥墩旁，低着头，用手打开刚拿到的哈希什的包装纸；另一个戴着黑白格子头巾的人，坐在那里往烟管里使劲摁压毒品；有一个老头，看样子已经近六十岁了，颤抖着双手，打开一张小纸片，把大麻放在里面，卷成一根烟卷抽了起来。他们的脸上没有任何表情，彼此之间也没有交谈。即使好几个人分享，也无须多言，只是坐成一圈，你一口我一口的轮流抽。很多人都裹着旧毛毯，旁边放一个包裹，显然是长期在桥洞里过夜的。这里俨然是一个属于吸毒者的微型社会，里面还有人专门推着白色金属桶在卖茶水。所有人都专注于自己的事务，对我这个外人的到来似乎没什么兴趣，很多人根本连头都懒得抬。桥洞里面很安静，有的只是人们偶尔行走时衣服摩擦的窸窸窣窣的声音。但当我拿出手机准备拍照时，却被里面的人迅速喝止，他们大喊大叫，指着我的额头骂骂咧咧，有几个甚至想围拢过来。我越来越怕，正欲往后退出之际，突然，一只手搭到我的肩上。我顿时吓得魂不守舍，倒不是怕被这些瘾君子殴打，而是怕他们拿着那些反复注射过毒品的针头给我来一针。

我赶忙一挥手，将搭在肩膀上的手挡了下去。转头一看，我身后站着一个衣衫褴褛，佝偻着腰的中年男人，他头上搭着一块黑白方格围巾，脸上黑黢黢的就像刚从煤窑里钻出来一般，身上的衣服多日没洗，已经辨别不出来到底是什么颜色，上面沾满了尘土，黢黑的双脚上趿拉着一双凉鞋。

"100美元，"他朝前伸了伸手，做出了要钱的动作。

"什么？"我盯着他，问摄像欧拜。

"100美元采访费，您不是想采访吗？"欧拜解释道。

"50。"

"成交。"

他显然是曾经接受过其他媒体的采访，对套路已经驾轻就熟。我把他拉到桥外，坐在旁边一丛灌木下方。

"我叫阿里，今年28岁，来自法拉省。"他有气无力地摇着脑袋，既没有看我，也没有看摄像机。事实上，他什么都没看，虽然低着头盯着地面，但空洞的眼神一直在游离。"我父亲很早就死了，母亲改嫁，两个哥哥都死了，一个妹妹现在也不知道哪儿去了。"

"他们怎么死的？"我抬起头仔细看着坐在对面的这个人，他没有一丝精气神，眼睛似睁非睁、似闭非闭。坐在那里，整个人像没有脊梁骨一样，塌缩成一团，头都快埋到两腿之间。

"我很小的时候，父亲就不在了，听我母亲说他曾经是一名警察，被塔利班打死了，两个哥哥一个逃难的时候出了车祸，另一个是病死的，肺结核。妹妹被塔利班抓走，现在也不知道是死是活。我妈改嫁，那家男人不收我，我自己投靠亲戚。"不知道什么时候，他拿起了一根小树枝，在地上划来划去，"我亲戚家也没有钱，稍微大点之后，我就自己出来打零工了。"

"那你是怎么染上毒品的？"

"阿富汗没什么工作机会，零工后来也没有了，我身边好几个人都去了伊朗，听说那边能挣到钱，我就去了。到了设拉子（伊朗南部城市）后，就在一处建筑工地打工。"他慢慢抬起腿，一手撑地，蹲了起来，依旧低着头，"那时候每天工作12小时，累得浑身都痛，晚上工头拿来哈希什，吸上几口舒服极了，就不累了。"他抿抿嘴，"这玩意儿抽着抽着就上了瘾，后来身体不行了，就被打发走了，伊朗待不下去了，就回喀布尔了。"

"那你住哪儿啊？"这时突然吹来一阵风，飘来了一股夹杂着远处河床上烧过的塑料和粪尿的骚臭味，闻着直叫人恶心。

"就住这桥下，晚上我们几个人裹着毯子睡。春天河里发水时就睡大街上。"

"那你哪儿来的钱买哈希什？"欧拜朝我使了个眼色，我立时明白了这个问题其实问了也是白问。

"我被抓走过，过几天就又放了，吸毒的人这么多，政府根本顾不过来。我根本没有生路、没有家人，还能干什么，抽点哈希什就能忘掉一切……"

欧拜趴到我耳边悄悄说道："先生，我跟他说达里语的时候没翻译你的原话，问的是他戒过毒没有。"我点点头。

"你还有问题吗，外国人？"阿里略微抬起了上身，塌缩着的身体总算稍微立了起来，一只手伸到我面前："钱。"

我从兜里取出钱，正要交给他。他身体向前一倾，一把抓了过去，迅速揣到了上衣里面的口袋里，出手之快和刚才嗫嗫嚅嚅的样子判若两人。把钱揣到口袋里后，他站了起来，转过身，佝偻着腰，一步步地朝桥下走去。明媚的阳光从后背、腰部和腿部渐次退去，直到整个身体最终完全被桥下的黑暗吞没。

"先生，明白我刚才向您使眼色的意思吗？"欧拜问。

"嗯，他们这个样子，其实不用问，肯定是通过非法途径弄到钱去买毒品。"

"是的，绝大部分都是靠小偷小摸弄几个钱。"欧拜
扛起摄像机，和我一起离开了吸毒桥。

喀布尔警方曾多次来这座桥下清理吸毒人口，每次都
是过不了多久，这些人又会重新聚集在这里。事实上，在
喀布尔，只要你多加留意就会发现，城里到处都有吸毒人
的身影，他们裹着毯子，佝偻着腰，蹲在双剑王清真寺旁
的喀布尔河河床上、坐在新城公园的树下、躺在伊斯玛仪
路中间的绿化带中，旁若无人地吞云吐雾。

据不完全统计，全阿富汗吸毒人口约为190万～240
万，约占该国成年人口的12%。阿富汗鸦片产量全球第
一，比著名的东南亚金三角和拉美国家都要高。

没有人知道大麻和罂粟是何时开始在阿富汗种植的。
早在20世纪50年代，阿富汗就开始大量向邻国伊朗出口鸦
片。1979年苏联入侵后，阿富汗政府无法在全国实行有
效管理，罂粟这种经济价值高的作物开始在该国大规模种
植。苏军撤离后，阿富汗陷入内战，在军阀混战的年代，
鸦片的种植、加工、运输和贸易是这个贫穷国家军阀们重
要的资金来源，毒品问题越发泛滥。塔利班刚当政初期，
并没有对鸦片采取措施。2000年，该组织发布禁令，将种

植罂粟视为非法，予以打击，当年成效极为明显，鸦片产量锐减。2001年美国发动阿富汗战争，塔利班下台。美国及其西方盟国和阿富汗政府在阿富汗开展了轰轰烈烈的禁毒行动，投入了巨额资金和巨大的人力、物力，但收效甚微。2008年开始，为了满足战争需要，塔利班抛弃了所谓种植鸦片违反伊斯兰教教义的主张，又开始在其统治区鼓励农民种植罂粟。此后，尽管美国和阿富汗政府加大了消除鸦片的力度，但阿富汗罂粟种植面积和鸦片产量却持续增长。据联合国毒品和犯罪问题办公室联合阿富汗禁毒部等部门联合发布的《阿富汗鸦片调查报告》显示，2017年阿富汗鸦片种植面积同比增长了63%，达到了约328000公顷；鸦片产量同比大幅增长87%，达到了9000吨。

战争催生了毒品的泛滥，毒品的泛滥又使战争中的各派武装力量获得巨大财富，购置武器、招兵买卖，继续发动战争，阿富汗由此陷入这样的恶性循环。

战争除了带来毒品的泛滥，更是直接影响到一代又一代人的精神状况。有数据显示，近六成的阿富汗人存在各种心理问题，每5个阿富汗年轻人中，就有2个患有程度不一的精神疾病。

推开喀布尔唯一一所治疗精神疾病医院的大门，就能听到里面各种歇斯底里的大喊大叫。一位来自坎大哈的患者留着大胡子，拦住前来查房的医生，睁大瞳孔，情绪激动地说："美国人来了！美国的轰炸太可怕了！他们要夺走我的宗教！"在这家医院工作了二十多年的沙菲医生告诉我们，这是一位典型的创伤后应激障碍患者，多年的战乱刺激，导致他出现幻听和臆想。

　　这个只有60多张床位的小型医院收治的住院病人半数以上都是12~25岁的年轻人。它收治的病人只是阿富汗数量庞大的精神疾病患者的冰山一角。

　　为解决这一社会问题，早在2009年，阿富汗公共卫生部就制定了《精神疾病国家行动计划2009—2014》。在接受我采访时，时任阿公共卫生部精神疾病司司长萨伊瓦里就表示，该计划的实施并不顺利，因为预算需要四千万美元，但他们根本拿不到政府这么多的拨款，只能靠外国援助。三千多万人口的国家只有一座60多张床位的精神病院和74位专业的精神病医生，无论硬件还是软件均远远不能满足病人的实际需求。这位官员还表示，除了预算不足，阿富汗精神疾病问题的解决面临诸多挑战。一些民众由于受教育程度低，对精神疾病缺乏应有的科学认识，而往往把它当作是魔鬼附体。在喀布尔市中心电视山[1]脚下，有一

1　TV Mountain，因山顶有多架电视信号塔而得名。

座堪称全城最美的神庙，一些什叶派的哈扎拉人在当地新年到来的时候，会把他们身边的精神病患者带到神庙中，让神职人员念诵经文，以驱除附着在患者身上的魔鬼。另外，即使家人有意愿正视精神疾病并且愿意送病人去接受专业治疗，但漫长的疗程和高昂的费用又令他们望而却步。虽然喀布尔有一些非政府组织在从事精神疾病患者的救助与帮扶，但在庞大的病人群体前也只能是杯水车薪。

身处战争中的人，每天都生活在提心吊胆之中。我曾采访过伊拉克国家交响乐团的小号手马吉德，他说自己每天早上出门都要吻一吻自己的孩子，郑重其事地和家人说再见，因为上班途中、在单位里、中午外出吃饭、晚上下班途中，任何时间、任何地点都可能会发生爆炸袭击，他不知道自己晚上还能不能回到家中。在这样的紧绷的环境中，每个人都面临着巨大的压力。战争又会引发种种社会问题，比如经济发展缓慢、失业率高企、人们普遍存在绝望感，这些都是压在生活在战乱中的人身上的重担。这时候，生活中任何的突发事件，比如家人受爆炸波及身亡，或者好友在恐袭中被误炸、又或者半夜熟睡中被美军踹开大门拿着冲锋枪顶着头等，都可能会成为压垮他们的最后一根稻草，导致精神崩溃。

近四十年的战乱，大部分阿富汗年轻人从来没有在和平的环境中生活过。他们有的滑向极端化，企图从"神"那里得到慰藉，这些人很容易就成为塔利班或"伊斯兰国"等武装组织洗脑的对象，沦为战争机器的一部分；有的人在战争中失去了一切，需要靠哈希什或鸦片来麻痹自己，活在毒品营造的短暂幻象之中；还有的扛不住巨大的精神压力，出现了各种精神疾病，彻底失去了正常生活的能力。人们常说阿富汗是"帝国坟场"，英国、苏联和美国都在这里折戟，阿富汗人却常常无奈地自嘲到：阿富汗更是阿富汗人自己的坟场，四十年连绵不绝的战争，几代人的人生彻底葬送在了自己的国家。

15　诺鲁孜节前的一起绑架案

　　2015年的诺鲁孜节对于胡达·巴赫什一家来说十分煎熬。诺鲁孜节是波斯历的新年，一般在春分时节（3月21日前后）庆祝。在诺鲁孜节到来的时候，人们会在家中摆放七种物品，这些物品的名字在波斯语中必须以"S"开头，不同地方的人会选不同的物品，但是一般人家通常都会准备：苹果、大蒜、麦苗、沙棘、醋、大米布丁、硬币等，摆放在桌子上，每样东西都有自己的寓意，比如硬币代表财富、苹果代表健康、麦苗代表生机，等等。

　　这一古老的节日发端于伊朗高原，关于其起源有许多不同的说法。在波斯大文豪菲尔多西所著史诗《列王纪》中，这一节日的来源可追溯至古波斯国王贾姆希德时期。据传历史上某一年的冬天异常寒冷，万物都无法熬过那个漫长的寒冬，贾姆希德制作了一个镶满宝石的皇冠，他坐于其上，让魔鬼将皇冠升向天空。皇冠上的宝石发出绚烂耀眼的光芒，帮助人类度过严冬。这一天就被后人称作"诺鲁孜"，即新年的第一天。另一种说法则认为，波斯人从古巴比伦人的节日里得到某种启发，在春分和秋分之际举行庆祝仪式，春分即新年的开始、人们在这一天开始播种农作物，秋分则用来庆祝丰收。还有一种观点认为，诺鲁孜节与琐罗亚斯德教（即拜火教）有关，琐罗亚斯德教教徒每年有6大节日，用来纪念该教信奉的神——阿胡拉·马兹达创世的6个阶段：天空、水、大地、植物、动物、人类。每个节日要庆祝5天，第6个节日最后一天的第二天，即迎来了"诺鲁孜"——新的一年的开始。诺鲁孜节的来源也许没有人能够说得清到底是哪一个，但如今，这个节日是西亚、中亚和高加索等地区不同民族共同欢庆的同一个新年。

在阿富汗，不同民族对诺鲁孜节的重视程度不同。普什图人通常不会庆祝这一带有异教徒色彩的节日；塔吉克人当中，尤其是西部靠近伊朗的民众中会举行庆祝活动。在所有民族中，最重视这一传统节日的当属哈扎拉人，这一信奉着伊斯兰教什叶派的民族与伊朗之间的联系十分紧密。

2015年诺鲁孜节前夕，阿富汗接连发生了3起针对这个民族的绑架事件，引发了阿富汗国内关于发生种族教派矛盾的担忧。长着东亚面孔的哈扎拉人害怕自己会重蹈过去几百年中被歧视、被压迫、被奴役的覆辙，焦虑与恐惧弥漫在新年的节日气氛之中。

胡达·巴赫什当时32岁。2月23日一大早，在赫拉特的姐姐家吃完早饭，他就登上了从赫拉特开往首都喀布尔的长途大巴车。他将在路上度过漫长的17个小时，姐姐给他准备了煮鸡蛋、苹果和香蕉等食物，塞了满满当当一包，这是他一天的口粮。巴赫什这次在赫拉特姐姐家住了二十几天。一个多月前，他的小外甥生病去喀布尔看病，病好后姐姐打算带着孩子从喀布尔回赫拉特，巴赫什不放心，一路护送姐姐回家，他帮着姐夫修葺了家里的老房子，一切收拾妥当之后，才决定返回喀布尔。

从赫拉特前往喀布尔，人们通常不会选择横穿阿富汗中部，尽管从地图上看起来直线路程更近，但阿富汗中部是连绵不绝的兴都库什山，山高路陡，险象环生。几乎所有的司机都会选择相对平坦的阿富汗大环线公路，即连接全国最重要城市——首都喀布尔、北部马扎里沙里夫、西部赫拉特和南部坎大哈的一条交通主干道，从赫拉特出发，途经赫尔曼德省、坎大哈省、查布尔省和加兹尼省，最后到达喀布尔。这同样是一条危险至极的公路，沿途省份武装团伙肆虐，绑架事件层出不穷。

　　胡达·巴赫什的母亲巴赫塔瓦尔是在当天早上吃饭的时候接到儿子打来的电话的，巴赫什在电话里告诉她自己已经快到坎大哈了。"过了一两个小时，他又给我打了个电话，说自己已经过了坎大哈。"巴赫塔瓦尔坐在家里的织布机前向我说道。那织布机上还挂着刚织好的粗线，她全身披着伊朗式黑袍，两手握着头巾下摆，使其不至于松开。这是一个大家庭，4个孙女、2个孙子围坐在奶奶身边。

　　"过了坎大哈之后，他再也没来电话，我们给他打也打不通。他本该夜里到喀布尔，那一晚我都在等待，还准备了他最喜欢吃的大米布丁，一直等到十二点，还是没有人影。我开始担心起来，一直给他打电话，但就是打不通。一整晚都没有睡。"她依旧低着头，声音很轻地说道，"第二天上午仍然没有任何消息，早饭过了，9点过了，中午也过了，但他还是没有回来，我感觉心都要烧起来了。"巴赫塔瓦尔让另一个儿子阿里达德到喀布尔汽车站去打听打听消息，阿里达德去了车站以后，工作人员也说不知道是怎么回事，他们也联系不上司机。听说巴赫什没回家，周围邻居都过来安慰说可能是路上遇上大雪耽误了。

等了两天之后，还是音讯全无。当天下午，当地媒体报道阿富汗东南部省份查布尔发生了一起公路劫案，30多位乘客被不明身份的武装人员绑架，巴赫塔瓦尔赶紧让阿里达德再去打听消息。

"我去了内政部，他们没让我进门，我也不认识任何人，也不知道要找谁，第二天我又去了，他们还是没让我进门，我把弟弟的信息报上去，里面的人告诉我，出事的正是我弟弟乘坐的那辆大巴车，他的名字在被绑架者的名单上。"阿里达德坐在自己家的地毯上说道。

得知自己的儿子被绑架了，已经70多岁的巴赫塔瓦尔整天以泪洗面。她哭着对我说，自己的儿子是老实巴交的农民，靠沿街卖菜为生，家里5个孩子最大的12岁，最小的才5岁。

"我天天去清真寺跪求真主，他要出事了，这一家7口怎么办，我祈求真主，要是能和儿子见上一面，哪怕让我死了也好。"她低着头说道。

绑架事件发生以后，因事发地地处偏僻，阿富汗政府和媒体几乎没有披露出任何有效的信息，一家人只能坐着干着急。后来，在案件发生10天后，阿富汗国家安全部队发表声明说，3月3日晚，军方在查布尔省展开营救行动。全家人都绷紧神经，指望着军队能够成功把被绑架者救出来。然而，快20天过去了，依然是音讯全无，人质下落不明、生死未卜。

诺鲁孜节就要到了，往年的这个时候，尽管家里不富裕，但家人还是会给孩子做新衣服，领着孩子去亲戚家串门，然而今年遭遇这桩变故，一家人已经没有任何心情过年了。"往年我们买新衣服，走亲戚，新年是我们和孩子一年中最快乐的时候。今年我们都在担心弟弟的安全，没准备任何年货。"阿里达德搓搓手，慢慢地说。

诺鲁孜节前三天，阿富汗总统加尼宣布已派特种部队前往事发地查布尔省解救被绑架的人质，这是加尼首次针对此次事件的表态，巴赫什的家人又一次燃起希望，他们说最大的新年愿望，就是巴赫什能够平安地回来。

这次军事行动如同阿富汗其他一些事件一样，是否开始，如何进行，外界一概不知。但有一点可以肯定，它并没有什么效果，因为诺鲁孜节过后，被绑架的人质依旧没有放出来。

家属们开始举行示威抗议活动，在离总统府不远的扎尼格尔公园里立起了一顶白色的帐篷，阿里达德和其他家属轮流来到这里，拉横幅、挂标语，要求政府采取行动，加大力度解决被劫持的人质。

4月初，绑架者在网络上发布了一段视频，两名自称是"乌兹别克斯坦伊斯兰运动"（"乌伊运"）成员的蒙面武装人员杀害了一位他们绑架的人质，并声称如果阿富汗政府不满足他们的要求，他们将杀死更多的人质。"乌伊运"是活跃于阿富汗境内众多叛乱武装中的一支，它成立于1998年，最初的目的是推翻乌兹别克斯坦前总统卡里莫夫的统治，建立一个沙里亚法统治下的"伊斯兰国"。由于卡里莫夫的强力镇压，"乌伊运"的活动转入到阿富汗和巴基斯坦境内，成为塔利班和"基地"组织的盟友。2015年，其领导层宣布该组织效忠于新成立的"伊斯兰国"。"乌伊运"已被美国、俄罗斯、英国、澳大利亚和加拿大列为恐怖组织。

又过了两个月，5月11日，31名被绑架者中有19人被释放，这并非是由于军事行动或者绑匪的好心，而是类似于一场换俘行动，阿政府释放了其关押的"乌伊运"成员的22名家属。至于其余人员的命运后来究竟如何，如同阿富汗许多烂尾新闻一样，尽管我多方打听，依然没有得到任何下文。

16　喀布尔书商

在阿富汗常驻的外国人很少有人不知道一个嫁到阿富汗的日本女人。尽管我现在实在想不起她的名字，但曾经和朋友们在她开的喀布尔日本料理店吃过便当。她是一名记者，来到阿富汗后与一位当地人相恋，结婚，舍弃了日本安定的生活，在阿富汗定居多年。对于她这种匪夷所思的选择，我想，除了爱情，可能再也找不到别的理由可以解释。如今，她经营着喀布尔的日料店和巴米扬的客栈，给日本媒体写写阿富汗的新闻，日子过得让我们这些一个人来阿富汗的外国人羡慕不已。

那时我老在想，到底是什么样的阿富汗男人能让一个来自发达国家的女人倾心并甘愿做他的妻子。后来，我去了巴米扬，订了她家的房。到了客栈后，尽管从未见面，在一众阿富汗人中，我还是一眼就辨认出来，那个人一定就是日本女人的丈夫：他身材魁梧，眉毛粗黑，目光如炬，说起话来中气十足，走起路来仿佛地面都跟着颤抖。看到他，我立即就联想起唱苏轼词的关西大汉的形象：须关西大汉，铜琵琶，铁绰板，唱大江东去。

这样的人，我在阿富汗还见过一位。

喀布尔一处街角，沙·穆罕默德书店泛黄的招牌并不显眼。冬天的时候，外面黄沙满天，推开两扇绿色的木门，书店里面生着小炉子，炉子上放着一只老式茶壶，滚烫的开水在壶身里翻滚，壶嘴笔直地向外喷着水蒸气，发出嘘嘘的声音。各种图书摆满货架，有的还堆在地上。轻轻拿下一本，拂去上面的灰尘，在冬日午后的暖阳里，细细地品味书中的阿富汗，一时就会忘记外面的兵荒马乱，时间仿佛都会静止，这种感觉真好。我成了书店的常客，一来二去，就认识了书店的老板——沙·穆罕默德·拉伊斯。他总是戴着一顶白色礼拜帽，坐在炉子旁边，拿一本书在看。见到有人到店里，就放下书过来招呼一番。说起来他的相貌和那个日本女人的丈夫并无多少相同之处，他并不魁梧，有着阿富汗男人很少见的将军肚，走起路来不紧不慢，说话也不似日本女人的丈夫那样声若洪钟，但我就是觉得两个人身上有什么神似的东西，一时又说不上来

午后的阳光照进沙·穆罕默德书店

到底是什么，后来仔细琢磨才发现，两者身上都具有那种不怒自威的威严神态，这是普通阿富汗人中很少有的一种精神状态。

有一天，我偶然间知道了他就是文学作品《喀布尔书商》男主人公的原型。我对阿富汗文学了解不多。出国之前看过电影《追风筝的人》，来到阿富汗后又在沙·穆罕默德家的书店买了这本书和《灿烂千阳》。胡赛尼笔下的阿富汗会满足一个想要了解这个遥远国度的中国文艺青年的所有幻想。除了胡赛尼，我几乎不知道阿富汗其他作家，也不了解有关阿富汗的文学作品。说起《喀布尔书商》这本书，许多人可能跟我一样，知之甚少。然而这部作品背后却有一段很复杂的故事。

2001年美国发动的那场阿富汗战争，成就了许多西方国家的记者，他们蜂拥而至，在战争的前线和喀布尔的大街小巷探寻有价值的新闻，挪威女记者奥斯娜·塞厄斯塔就是其中一位。在喀布尔洲际饭店，她结识了彼时在此处卖书的拉伊斯。这个来自极度重视女权的北欧国家的女性提出了一个大胆的请求：住到拉伊斯的家里，根据她的所见所闻，写一本有关阿富汗人家庭的书。她得到的是一个更加大胆的回答：没问题。我至今依然不知道拉伊斯领一个陌生女人回家到底是出于怎样的一种心态，毕竟这在男女关系保守的阿富汗社会的确算得上是惊天地、泣鬼神之举。我的摄像欧拜对此却不以为然："肯定是她给了他足够多的钱。"我后来也有点同意了他的这一看法，只是这毕竟只是猜测，当事人并没有回应。

沙·穆罕默德·拉伊斯1954年出生于喀布尔，尽管他不曾透露，但几乎可以肯定不是出生在贫寒之家，否则也不可能长期经营着喀布尔外国人最常光顾的书店。他从小就喜欢书，曾随父亲到伊朗，看到德黑兰街头的书店，立志自己将来也要与书为伴。长大以后，他真的就在喀布尔开起了书店。军阀混战的年代，他的书店经历了炮火；塔利班统治时，曾挨本搜查店里的书，发现有违禁的就扔到外面焚毁了。但这些都未能阻止拉伊斯将书店开下去的信心和勇气。

塞厄斯塔在拉伊斯家住了4个多月，《喀布尔书商》一书横空出世。它的大致内容是这样的：苏尔坦·汗是阿富汗首都喀布尔的一名书商，经营着自己的书店，能说流利的英语，由于经常和外国人打交道，大家都认为他是一位非常开明的自由派人士，这与他在家中表现出的专制与跋扈形成了鲜明对比。他在家中有说一不二的霸道：不顾家人反对，执意要娶一位16岁的姑娘做二房；他对自己妻子和儿子虐待他的母亲和妹妹不管不顾；不让自己的儿子接受教育，逼着孩子天天在书店里打杂；妹妹承揽了洗衣做饭等所有的家务活，有了自己的意中人却被包办婚姻，被迫另嫁他人……总之一句话，他在自己的家中绝对是皇帝一般的存在，不容许任何人挑战自己的权威。[1]

这本书一经出版就引起轰动。据说它曾是挪威历史上最畅销的非虚构类作品，被翻译成多国语言出版发行。在世界任何一个大城市的书店都可以找到。但有一个地方例外，那就是喀布尔这家沙·穆罕默德书店。尽管书中的人物都使用了化名，但喀布尔人还是很快就知道了这本书描写的就是拉伊斯一家人的故事，毕竟他当年让挪威女记者住到自己家里的事人尽皆知。闲言碎语和指指点点如期而至，有几个人愿意自己的家事被扒开，血淋淋地暴露在阳光下？拉伊斯异常愤怒，觉得自己的盛情好客遭到了无耻的背叛！他跑遍了喀布尔其他书店，把所有的《喀布尔书商》买下来，撕得粉碎。后来，我和他谈起此事，他平静的语气中仍透出一丝激动和愤恨。双方通过电子邮件沟通数次，他坚称她恶意抹黑，她始终认为自己如实描述。

1　塞厄斯塔. 喀布尔书商[M]. 陈邕，译. 南宁：接力出版社，2007.

怒不可遏的拉伊斯飞到挪威，一纸诉状，将该书作者告上法庭。这位喀布尔书商似乎与这个遥远的北欧国家有着不解之缘。2005年，他曾申请在挪威避难，因为"《喀布尔书商》中的内容令他在阿富汗受到了威胁"。虽然这一申请并未获得挪威政府的批准，但他的第二任妻子，也就是书中所写的16岁新娘，后来却定居到了挪威。

官司拖了数年，2010年7月24日，挪威一家地方法院判处作者塞厄斯塔诽谤罪（一说侵犯隐私罪）成立。塞厄斯塔不服，上诉到了最高法院，后者驳回原判，裁定诽谤罪无效，塞厄斯塔出版此书并无问题。然而，拉伊斯跟我说，案子并未审结，目前还在处理中。案子一拖再拖，拉伊斯说他想做点别的。

他也写了一本书——《喀布尔书商往事》[1]。

这本薄薄的小书我读过，讲的是两条来自挪威的法力无边的怪兽来到拉伊斯身边，带着他从巴基斯坦飞到喀布尔，他向两条怪兽讲述自己的故事，指控塞厄斯塔和出版商用魔法阻止他揭露事实的真相。说实话，这本小书的文学价值不高，它更像是拉伊斯用来还击挪威女作家的武

---

1 本书英文名为 *Once Upon a Time There Was a Bookseller in Kabul*。

器，而不是文学作品。令人费解的是，此书中反驳塞厄斯塔的例证部分用的是推理的逻辑手法，而不是直接摆出详细的证据，这就让它的说服力大打折扣。

春天的一个下午，我去书店采访拉伊斯。那次采访算不上成功，他竖着两道剑眉，始终抱着塞厄斯塔书中所写不值得一驳的态度回答我的问题："她都是胡说八道，我怎么可能那样对自己的妹妹！""一派胡言，我儿子才不是那样。"除此之外没有透露更多细节。采访结束后，我和欧拜走出书店，下了楼，欧拜扛着摄像机，走在我后面。我问他，你觉得今天拉伊斯说的如何？欧拜将三脚架立起来，把摄像机从三脚架上取下来，"从他的表情和神态看，《喀布尔书商》的描写八成是真的，"他低头把摄像机放进包中，"你看他那两道剑眉和严肃的表情，一看就是那种说一不二的人。"

我轻轻地点了点头，回应道："我也是这么想的。"我当然不否认阿富汗女性境遇的恶劣与悲惨，因为我听过、见过太多她们的不幸的故事；也不怀疑一些阿富汗男人的大男子主义，在一个宗教扮演着重要角色的、传统的东方式父权社会，一个男人在家中表现出不容置疑的权威，这不需要丰富的想象力就可以想见。但就此事而言，作为外人我们恐怕是很难知晓其中细节。至于真相到底如何，拉伊斯是像《喀布尔书商》中所写的那样专横跋扈，还是像《喀布尔书商往事》中所描绘的另一番模样，恐怕只有他的家人和塞厄斯塔本人知道了。

后来我再去沙·穆罕默德书店买书的时候，发现书店已经从一楼搬到了原址后面一栋刚完工小楼的二楼，店面面积扩大了不少，里面宽敞明亮。而且，拉伊斯还创建了在线购书网站，网站首页的第一本书就是自己的那本《喀布尔书商往事》。

17 尼鲁法尔

　　三年过去了，我脑海中时常浮现出这样一幅画面：女孩粉色的头巾在篮球场上空飞舞，像一团跳动的火焰。她右手一扬，篮球划着美妙的弧线，进入篮筐。她戴着时尚的黑框眼镜，划着轮椅向我们走来，微笑着，向我们回忆起自己失去双腿的时刻："我两岁时，一颗炸弹落入我家院子，我当时在屋里，坐在窗边。我哥也在那坐着。炸弹炸了，我后背受了伤，医生说是脊髓损伤。我哥死了，他当时18岁，刚高中毕业。"

　　尼鲁法尔·巴亚特被炸伤的时候，意大利人阿尔伯托·开罗已经在阿富汗生活了5年。1990年，27岁的开罗来到国际红十字会在喀布尔开办的战争医院和骨科康复训练中心工作，从那时起，无论是希克马亚蒂尔对喀布尔的狂

轰滥炸，塔利班对喀布尔实行的极端严酷统治，还是后塔
利班时期此起彼伏的爆炸袭击，都没有将他从这个国家赶
走，非但如此，他还将国际红十字会的骨科康复训练中心
从1个扩展到7个。

　　那是军阀混战正酣的1995年。是年2月10日，塔利班
攻占了喀布尔南部的瓦尔达克省，日益向首都逼近。2月15
日，据守在喀布尔南部的阿富汗伊斯兰党武装被迫撤离位
于瓦尔达克北部、离喀布尔只有十几公里的查尔·阿希卜
区，至此，喀布尔南大门向塔利班敞开。2月25—27日，临
时政府国防部长马苏德领导的军队与"阿富汗伊斯兰统一
党"（阿卜杜勒·阿里·马扎里领导的哈扎拉武装）在喀
布尔西部爆发激烈冲突。3月，政府军在与马扎里的战争中
占据上风，走投无路的后者与塔利班结成联盟，马苏德对
其进行了猛烈攻击，马扎里与塔利班撤离喀布尔南部，塔
利班在撤离的途中将马扎里从直升机上扔下。各方在此期
间的战斗造成大量平民伤亡。[1]

　　喀布尔骨科康复训练中心阿方主任纳吉穆丁·海拉

1　https://www.justice.gov/sites/default/files/eoir/legacy/2014/01/16/Af_chronolo-
　　gy_1995-.pdf.

勒清楚地记得那段时光："有一次，交战双方中一方在中心后面的小山上，另一方在我们前方的山脚下，双方互射的炮弹在这个院子上空飞来飞去。"海拉勒用手比画着，在空中划了一个圆弧，然后停在空中，拳头猛然打开："砰！一枚炮弹就落到我们后面一座病房的一角，我们就赶紧躲到桌子底下，过了一段时间，确认没事后赶紧跑过去看，万幸的是那天房子里没什么人。"

尼鲁法尔被家人紧急送往康复训练中心时，纳吉穆丁·海拉勒已在国际红十字会骨科康复训练中心工作了7年。海拉勒18岁那年开车时压到了地雷，从此失去了双腿。"截肢后，我特别消沉，在医院待了一年。随后5年里啥也没干，就待在家里，后来到处去找工作，都没找到。"正当这位失去双腿的年轻人四处碰壁时，国际红十字会在喀布尔开设了一所骨科康复训练中心，海拉勒到此进行康复训练。与此同时，他向中心申请工作，没想到得到应允，一干就是27年，从一名普通的挂号员成长为整个中心的阿方负责人。

这家康复训练中心位于喀布尔西部一座小山下，院子不大，里面密密麻麻地排满了低矮的病房，三三两两的病人推着轮椅或者拄着拐杖在院子里缓慢地移动，院子里的安宁与门外大街上的车水马龙形成鲜明对比。

院子西侧有一座巨大的室内篮球场，我在篮球场边，看着这支女子轮椅篮球队的队员在轮椅上拼抢，尼鲁法尔坐在轮椅上，回过头，将她的队友一一指给我看，"那个穿绿衣服的是纳迪亚、正在运球的是玛里亚姆、教练旁边那个是马尔瓦……"她回过头，嘴角微微一扬，"这是阿富汗第一支女子轮椅篮球队，已经组建好几年了，过几天我们有场全国联赛，马扎里沙里夫、赫拉特等地的球队都来参赛，你来报道不？"她朝我眨眨眼，俏皮地笑了一下。

无论从中国人还是阿富汗人的审美来看，尼鲁法尔都能够称之为美女，五官精致，一双大眼睛通透灵动，说话时总是带着笑容。

"我肯定来。"我看着她说。

我们采访的时候，中心主任阿尔伯托·开罗就站在旁边，在这个头发花白，略显憔悴和瘦弱的意大利人看来，运动是一种绝佳的康复训练方式，它既有助于残疾人身体的恢复，又会对他们回归社会产生积极的心理作用。为此，康复训练中心先是组建了一支男子轮椅篮球队，在此基础上，又组建了这支女子队伍。

"他们创办女子轮椅篮球队后，我就来报名了，因为我喜欢运动。我之前在乒乓球队，但打乒乓球得站着，我一条小腿是假肢，另一条又太细，没法快速移动。打篮球就很好，可以坐在轮椅上。"也许是接受过媒体的采访，尼鲁法尔在镜头前表现得相当从容自如。

"你是怎么知道这里有女子篮球队的？"

"我一直在这里上班啊！"尼鲁法尔答道。

20年前的那个夜晚，就在这里，经抢救，尼鲁法尔命保住了，但终因伤势过重，一条小腿被截肢，安装了假肢。另一条腿因为脊髓损伤发育不良，小腿部分严重萎缩，走路使不上力。尼鲁法尔每天都来中心做康复训练，并在其资助下，完成了小学和中学的课程。高中毕业后，家中无力再供她继续上大学，辍学在家的尼鲁法尔向康复训练中心求助。经过面试，这里给尼鲁法尔安排了一份病人接待、数据录入和档案管理工作，每个月能有300美元的工资，在阿富汗，这样的收入已经非常可观了。

尼鲁法尔要加入篮球队这件事，遭到了家人的反对，我是在采访后第二天去她家里见到她妈妈时，亲耳听她说的。她的家位于喀布尔南部郊区一处不算太高的小山坡上，那时已是春天，院子前方的山上依然覆盖着冬天堆积的皑皑白雪。她站在山坡下的街口迎接我们，依旧穿着和前一天相同的衣服，戴着粉色头巾。由于一只腿无法使上力气，她走上这个不算太高的小山坡颇为吃力。如同绝大部分喀布尔的住所一样，她家也是土夯的院墙。打开蓝色的院门，里面是一个小院，和中国东北农村院落的格局一样，正中是约一米高石砌的基座，基座上是一栋坐北朝南三间屋子的平房，挨着左右两侧山墙各建有一处向院内开窗的小厦子。基座下方的台阶旁是一口水井，旁边放着一口大缸。大缸的左斜前方放着两把铁锹和一辆单轮小手推车，院子右侧的角落是砖砌的厕所。院子虽小，却收拾得干干净净。

我们正要往台阶上走，一个看起来十七八岁的男子突然从放单轮小推车的地方走出来，好奇地打量着我，咧着嘴一直笑，同时不停地嘟囔着含混不清的话。"这是我一个哥哥。"尼鲁法尔回头冲我一笑，我点了点头。"他智力有些问题，不太正常。"我没接话，随同她走上了台阶。

尼鲁法尔的妈妈把我们迎进了屋，和大部分阿富汗普通人家的布置一样，这一间平时用来待客和吃饭的屋子里几乎没有摆放家具，只有门后边有一个小型的木质储物柜，上面放着厚厚三大摞书，英文和达里语的都有。房间中间放着一个圆筒状的铁皮炉子，地上铺着赭红色的地毯，大家都席地毯而坐。尼鲁法尔的妈妈端上来几杯绿茶，我们坐在地毯上闲谈。她妈妈看起来约莫60岁，披着一件紫色白花套头式大头巾，那头巾很长，几乎罩住了她的上半身。她两个眼眶深陷，一说话露出一口洁白的假牙。她不住地劝我们喝茶，又拿来一些小糖果，就着茶一起吃。我拿起茶杯说："阿姨您快别忙了，坐下来歇一会儿吧，东西够吃了。"她笑了笑，又走到门前，掀开门帘子走了出去，不一会儿手里拿着一托盘干果，放在我前方，这才坐了下来，向我们述说了她当时对尼鲁法尔打篮球有所顾虑的原因。"我那时有两点担心，一是怕她打球伤了身体，运动那么剧烈，本来腿就不好，再把哪里弄伤了就更惨了。"她低着头，接着说，"另一方面，又怕邻居们指指点点，说三道四。你知道，在我们的文化中，很多人不喜欢女孩儿在外面抛头露面。"

塔利班统治时期，在阿富汗执行严格的伊斯兰教法，规定女性在无男性亲属的陪伴下不准单独外出、女性外出时必须身着传统罩袍——布尔卡、女性不准穿高跟鞋以免走路声音引起男人注意、女性在公共场合不许大声说话以免被陌生男人听到、女性不得出现在自家阳台、女性不准骑自行车或开车、女性不得在无男性亲属的陪同下乘坐出租车、女性不能参加工作等。总之，女性任何与非亲属之外的男性的直接或间接接触都被禁止。塔利班虽已下台多年，阿富汗社会总体而言依旧十分保守，在许多人看来，女孩子就应该待在家里。

"她爸倒是很支持她，我后来拗不过她爸，就只好让她去了。"尼鲁法尔的妈妈叹了口气，"没想到担心的事情果真成为现实。有一天，她跑回家，把自己关在屋里，叫她也不答应，饭也不吃，我问她到底发生了什么事，她才告诉我实情。"这时，她朝我身后的尼鲁法尔看了一眼，尼鲁法尔冲她挤挤眼，一副可不要揭我丑事的表情。"她说，今天在康复中心打篮球时，被一个来自农村的人给骂了，说她在篮球场打篮球不好，轮椅速度一快，或者抢球时一不小心，头巾就会掉下来，所有男人都能看到她的头发。"

"那您当时是怎么回应她的？"我问。

"我原本想说，你看看，当初我说什么来着，你就是不听，现在好了！但当时我看到她情绪非常低落，这话到了嘴边，又收了回去。"她抬起头，又冲我浅浅的一笑，

"我只能安慰她说，没事没事，你自己决定吧，不打篮球也好，好好上班。"

这时，一直坐在我身后喝茶的尼鲁法尔接过话，"我那时真的有放弃的念头，但我爸和妹妹都不同意，说你不要在乎别人的看法，自己喜欢做的事情就一定要坚持下去，不要轻易放弃。"

尼鲁法尔最终听从了父亲和妹妹的意见，没有理睬别人的闲言碎语，继续打球。"她后来继续打球，我渐渐也就习惯了，"她妈妈继续说，"我也想通了，女人一生中最好的时光也就是她现在的年纪，能从事自己喜欢的事情就去做吧。这在我们的国家很不容易，不要说各种闲言碎语甚至是暴力威胁，即使没有这些，将来岁数大了，结婚生子后，想再有自己的时间去打篮球也几乎是不可能的了。"她妈妈歪着头，把我们喝完的茶杯归拢到了一块。

"她打篮球后有没有让你觉得特别开心或者自豪的一件事？"

"去年有一次，她们球队赢了轮椅篮球全国锦标赛，她爸爸也去看了那场比赛，回来之后，父女俩在家兴奋地手舞足蹈，讲起比赛的细节滔滔不绝，我看着他们开心的样子，自己也觉得很高兴，为自己女儿感到骄傲。"她回忆起那天的情景，不免嘴角上扬，笑了起来，露出一口洁白的假牙。

　　"这孩子现在也很辛苦，她白天在康复中心上班，晚上还要抽空去上夜校。早上7点离家，晚上要9点多才能回来。我们也不放心她太晚回来，每天晚上让她哥去校门口接她，一起回家。"

　　"您真是开明的家长，我听说在这里，很多女孩都无法接受正规教育，更别提从事体育运动了，很早就嫁了人。"我喝完了第二杯茶，由衷地感慨道。

　　"人和人的想法不一样，尼鲁法尔把自己的生活安排得这么忙，有她的原因，这也是我和她爸爸不好硬加阻拦的原因。"她朝女儿使了个眼色，"还是你自己说吧。"

　　尼鲁法尔接过话，"每天生活得很充实，不为别的，只为了让我感到自己是个健全人。我在康复中心见过很多很多因为落下残疾而郁郁寡欢的病人，我就跟他们说，别泄气，生活的道路很长，必须勇敢地活下去，你可以做自己想做的事，就像我一样。"

　　早春的阳光照在窗外的雪山上，山顶的积雪犹如光滑的镜面，折射出绚烂刺眼的光芒，穿过尼鲁法尔家的窗玻璃。窗台上放着的三盆天竺葵正迎着道道光束，在浓密翠绿的叶片中绽放出一团团火红的花。

18　音乐学校

1996年塔利班武装人员进入喀布尔的那个星期四，阿姆鲁丁正在准备晚上的演出。作为阿富汗为数不多的德鲁巴琴[1]演奏者，他是各种婚礼节庆场合的座上宾。虽然早已听说塔利班在南部地区施行的包括禁止音乐在内的严酷统治，阿姆鲁丁依然坚信，在开放自由的大城市喀布尔，他们还不至于如此乱来。

然而仅仅几个小时后，现实就击碎了他的自信。当天晚上，他带着自己的一把德鲁巴琴坐出租车，准备前往一处婚礼宴会厅。路上经过一处塔利班的检查站，由于德鲁巴琴体积很大，一眼就被检查站外的塔利班人员看到，他们不由分说，直接将阿姆鲁丁和琴一起从车里拖了出来，

1　南亚地区传统弦乐器。

直接将琴砸向地面，阿姆鲁丁想上前阻止，直接被怼了一枪托。

见识了塔利班的来者不善，他匆匆折返家中，将那把他最珍爱的祖传德鲁巴琴藏好。

事实证明，他的决定十分正确，行动非常及时。第二天，武装分子径直闯入阿姆鲁丁家中，将他家的乐器，不管是阿富汗本土的，还是西方的，统统砸烂，各种琴弦缠绕成一团，挂到院子里的树上。幸运的是，前夜藏起来的德鲁巴琴没被发现，躲过一劫。

失去了生计来源的琴师踏上了逃亡之路。有了前车之鉴，这一次，他将德鲁巴琴的琴弦、面板、弦轴等部件逐一拆解，看起来像一堆木头似的，装在行李袋里。每过一个检查站，他的心都怦怦直跳，生怕自己的琴被认出来。混过喀布尔几处检查站，他满心轻松。车子驶入距伊朗边境不远的赫拉特时，一名塔利班士兵翻出了他的包裹，发现了这些木头的蹊跷，将其付之一炬。

阿姆鲁丁的琴被塔利班烧掉的时候，他的同胞艾哈迈德·纳希尔·萨马斯特早已离开了这个是非之地多年，正在享受着南半球温暖的夏天。萨马斯特出身音乐世家，他的父亲是阿富汗著名音乐家萨利姆·萨马斯特。1981年，小萨马斯特毕业于阿富汗音乐学校，内战期间他离开阿富汗，前往俄罗斯莫斯科国立音乐学院攻读音乐学硕士学位。1994年，他的避难申请得到澳大利亚政府批准，从此开始在澳洲生活。2005年，萨马斯特获得澳大利亚莫纳什大学音乐博士学位，成为阿富汗历史上第一位音乐领域的博士生。

萨马斯特获得音乐博士那一年，尼格因·赫帕勒瓦克从阿富汗东北部偏远的库纳尔省的高山中第一次来到首都喀布尔，也是她第一次得以看到电视上的音乐和舞蹈表演，这一年，她9岁。在她的家乡，没有像样的学校，同村女孩在十几岁已经无学可上，只得在家等着嫁人。尼格因的父亲做出了和其他村民不同的决定：把女儿送到喀布尔上学。尼格因收拾好随身衣物，坐上开往首都的客车，一个人来到喀布尔，寄宿在一家孤儿院中，这也是许多阿富汗外省偏远地区家庭送子女到喀布尔读书唯一可选的落脚地。

2008年4月，在阿富汗教育部的全力支持下，萨马斯特从澳大利亚返回喀布尔，开始筹建一所音乐学院。彼时，由于塔利班当政时期禁止包括音乐、跳舞等在内的任何娱乐活动，音乐已从这个亚洲腹地国家消失多年，2001年塔利班下台后，阿富汗临时政府一度无法凑齐一支能够演奏国歌的乐团。萨马斯特走马上任，一切从零开始：筹集资金、搭建校舍、寻访教师、购买乐器、招收学生。2010年6月20日，阿富汗国立音乐学院正式成立。

音乐学院成立以前，阿姆鲁丁依然在巴基斯坦过着流亡生活。即使作为难民，他依然想拥有一把属于自己的琴。有一次，他看到一户巴基斯坦人家里有一把德鲁巴琴，就前去拜访，希望人家把琴送给他，却遭到了拒绝。不得已，他又变卖了自己家里祖传的一块地毯，买了一把德鲁巴琴，在巴基斯坦靠卖艺演出为生。萨马斯特找到他时，他已经快70岁了，挂着拐杖，背驼得厉害，走起路来上身几乎与地面平行，每说几句话就要停下来，大口喘气，头抖个不停。作为当时全国唯一健在的一位德鲁巴琴大师，他觉得自己有义务将这门古老的乐器技艺传下去，他毅然答应了萨马斯特的请求，返回阿富汗，担任音乐学院德鲁巴琴教师。

尼格因来学校面试的时候，萨马斯特颇为吃惊。没有父母陪同，小小年纪的她态度坚决地表示自己想学习音乐，于是顺利入学，开始学习萨鲁特琴[1]。这一学就是4

1　南亚地区传统弹拨乐器。

年。2012年，她作为阿富汗第一支青年交响乐团的成员，赴美国进行演出。家里人通过电视才知道，原来尼格因在喀布尔不是学书本上的知识，而是学起了音乐，这在她的家乡引起了不小的争议。"我叔叔就跟我父母说，我们家的女孩不应该去学音乐，这不符合我们的传统。"她在接受我的采访时说道。

尼格因很快就被父母叫回了库纳尔老家，一待就是半年。"因为学音乐，我家人不希望我再回学校，我一出门，周围的人就骂我，他们说我学音乐是违背传统，败坏家人的名声。"尼格因知道，如果继续待在库纳尔的家中，她的命运只有一个——嫁人。"我不甘心，独自一人在喀布尔待了八年，绝不能半途而废，嫁给一个甚至连面儿都没见过的男人。"

尼格因在家的半年郁郁寡欢，最终，父母对孩子的爱战胜了亲戚邻居的流言蜚语，尼格因的父亲再一次把女儿送回了喀布尔。只是这一送，也就彻底断绝了她再回家的希望，因为父亲的举动彻底惹怒了家族里的人，他们扬言，尼格因胆敢再回库纳尔就杀了她。自那以后，尼格因只能待在喀布尔，父母想她的时候就坐一上午的车来喀布尔看上一眼。

尼格因再次回到了音乐学校，见到同学后，她们抱头痛哭。缺课6个月，对于每天都需要练习的萨鲁特琴来说，是难以追赶的。不得已，尼格因只好又从头开始学习钢琴和指挥。

萨马斯特没有这样的苦恼，他的工作得到了全家人的支持。只是，他没有想到，这份工作险些给他带来杀身之祸。2014年12月11日，阿富汗法国文化中心遭到自杀式爆炸袭击，极端分子的目标正是当时在文化中心内观看演出的萨马斯特和他们学校的学生。塔利班在袭击后的声明中说，萨马斯特的音乐让阿富汗的年轻人堕落腐化。在那次袭击中，萨马斯特耳膜穿孔、双耳失聪，返回澳大利亚接受治疗，听觉部分恢复后，他再次回到阿富汗，"没什么好怕的，我们就是要用音乐和艺术来对抗暴力和恐怖。"

15岁的阿里·礼萨跟随阿姆鲁丁学音乐已经1年多了，这个以前在街上卖塑料袋补贴家用的少年如今已经已能熟练地弹奏德鲁巴琴。他说之所以学习德鲁巴琴，就是想让阿富汗传统乐器能够传下去。

塔利班虽已下台多年，音乐在阿富汗仍是一个充满争议的话题，很多人依然认为音乐有违传统，会扰乱人的心智。所以，当我问阿里如果有人跟他说，音乐是堕落的，他不应该学习，这时该如何回应？这个青春期的男孩望着天花板，想了一会儿，露出羞愧的笑，涨红了脸说："我不知道。"

阿姆鲁丁回过头来，颤巍巍地开口教训他："你就说自己只在婚礼等特定场合演奏。"

19　三位画家

我看到这样一幅画：底色是一片不规则的大团大团的红，红色中间有些许白色，画面的左上角有一个方形的铁窗，中间用两条铁链钉住，窗的下方中间位置挂着一把锁。如同所有的当代艺术品一样，它抽象、晦涩难懂。

阿富汗当代艺术中心主任拉赫劳·奥马尔扎德告诉我，画中红色的底色是血，代表的是母亲的身体。左侧窗中若隐若现地绘有一张婴儿的面孔。婴儿被锁在窗里，象征着母亲并不想让自己身体里的孩子出生在战乱的阿富汗。

在阿富汗当代艺术中心空旷的展厅里，这样抽象的作品挂满了一整面墙。五十多岁的奥马尔扎德创办这个艺术中心已经有十多个年头了。这个头发略显稀疏的中年男人英语极好。我去拜访他，在一间狭小的办公室里，他打开了一本泛黄的杂志，说起了往事："在塔利班时期，美术、音乐和剧院等一切艺术形式都遭到了禁止。那时候我刚开始筹划这本杂志，当我想要把它出版的时候，艺术家们纷纷要求撤稿，他们担心塔利班。"他翻了几页那本已经有些泛黄的杂志，指了指其中的插图，那是一幅用阿拉伯文书法画成的舞动的人物，极其传神。他继续说，"艺术家们跟我说，你这本杂志一出版，我们恐怕就要遭了殃。"

奥马尔扎德当然知道这意味着什么，因为另一位画家当年的遭遇，在喀布尔艺术界几乎无人不晓。我在巴布尔花园见到了漫画家哈比卜·拉赫曼·哈比比。这座喀布尔市内仅存的为数不多的波斯风格花园始建年代已无从考证，但有一点可以肯定，那就是这座花园是莫卧儿帝国开国皇帝巴布尔于1504年占领喀布尔后下令修建的。

巴布尔，波斯语意为老虎，本名查希尔·阿拉丁·穆罕默德，突厥化蒙古人。他的一生充满了传奇色彩。他出身名门，是帖木儿帝国（公元1370—1507年）创建者帖木儿大帝的直系六世孙，于1483年2月14日出生于中亚费尔干纳盆地（今属乌兹别克斯坦）。1494年，年仅11岁的巴布尔即位，成为费尔干纳统治者。3年后，他率军围困中亚名城撒马尔罕长达7个月并最终占领了这座中亚名城。少年志得意满之时，后院起火，叛军趁他不在费尔干纳时发动叛乱，扶植他的哥哥上台，他由此失去了这块物产富饶的盆地，此前他占领的撒马尔罕也被人夺走。1501年，巴布尔重整旗鼓，意图再次夺取撒马尔罕，却被强悍的乌兹别克首领昔班尼汗击败，走投无路的巴布尔只能寄居在其舅父统治下的塔什干。

不甘心失败的巴布尔在等待一个东山再起的时机。1504年，喀布尔统治集团内部爆发冲突，巴布尔抓住这一历史机遇，率兵渡过阿姆河，翻过兴都库什山，占领了喀布尔。1510年，他的老对手昔班尼汗被波斯萨法维王朝开国君主伊斯玛仪一世击败。巴布尔与他西边的邻居萨法维王朝结成同盟关系，于1513年原路北上，再次攻占撒马尔罕以及布哈拉。然而他似乎与乌兹别克有着天生不和的宿命，3年后，他又一次失去了这两座中亚名城，沿着当年的路线退回到喀布尔。北上无门，巴布尔将目光投向了南方，翻越开伯尔山口，于1519年进抵奇纳布河畔（今巴基斯坦境内）。1526年在著名的帕尼帕特战役中击败德里苏丹国，创建了莫卧儿王朝，成为这个印度历史上最后一个封建王朝的开创者。[1]巴布尔不但是一位皇帝，也是一位文

1　http://www.iranicaonline.org/articles/babor-zahir-al-din.

学家，他撰写的《巴布尔回忆录》，是研究15—16世纪中亚与南亚历史最宝贵的史料之一。

在统治印度5年后，巴布尔于1530年12月26日在阿格拉去世，年仅47岁。这位君主戎马一生，从中亚打到南亚。关于死后的陵寝安置，他既没有选择自己钟爱却始终不可得的撒马尔罕，也没有相中开创帝国基业的印度，而是挑选了曾在最危难时供他休养生息的喀布尔。他亲自下令修建的巴布尔花园成了这位帝国开国皇帝最后长眠的地方。

如今这座规模宏大、草木葱茏的花园成了喀布尔人休闲娱乐的场所。我在花园里闲逛，突然看到在一处回廊的墙上挂着许多漫画作品，忍不住好奇，走过去慢慢看起来。有一幅画，画面左边是穿着美式军装的美国大兵，右边是留着长胡子的塔利班武装人员，在这两个人中间躺着一位中弹身亡的阿富汗平民，他们彼此用手互相指着对方，显然是在推卸责任，指责对方是杀害平民的凶手。还有一幅画：中间是一辆车，车两端都有方向盘，两位司机都紧紧抓住自己的方向盘，向自己的方向驶去，结果自然可想而知，车稳稳当当地停在原地，这幅漫画是讽刺阿富汗总统加尼和首席执行官阿卜杜拉不和，导致政府运转失灵。这些漫画笔法辛辣，针砭时弊，我正看得津津有味，感觉肩膀被轻轻拍了一下，回头一看，一位穿着深蓝色西装，胡子刮得很干净（这在阿富汗男人中并不常见）的中年男子站在我身后。他看到我转过来，赶紧伸出手来，我们握了握手，他开口道："你是哪国人？你觉得这些画怎么样？"

我看着他急切盼望答案的双眼，说："我来自中国，我觉得这些画很好，水平很高！"

"谢谢你这么说，这些画都是我画的。"

我暗中有些吃惊，眼前的这个人服装与举止都中规中矩，与想象中的艺术家的气质截然不同。

他似乎看出我的些许疑惑，直言道："你好像有些不信？"

我尴尬一笑："那倒不是，只是我觉得你与我印象中的艺术家形象不同。"

"你印象中的艺术家应该是什么样？"

"在我们国家，艺术家，尤其是男艺术家，通常穿传统的服装，那种不同于西服的宽松的长袍，"我解释到，"他们留着长长的胡子，行为常常是特立独行、不拘一格。"

"我没有去过中国，但你说的我大概懂，这里不一样。在一个几乎每个男人都留着胡子的国家，不留胡子才显得与众不同。"他笑了笑，仿佛是为自己睿智的话而得意。

我点点头，做出被点醒的恍然大悟状。

他很高兴，像是在乘胜追击似的，说："至于那种非常酷的，张狂的作风，完全不适合阿富汗社会，作为艺术家，保持低调是对自己最好的保护，"他看到我点了点头，明白了我懂他的意思，继续说道："我通常都不会把自己的真实身份告诉别人，哪怕是自己的邻居。有很多人看过我的作品，但都不知道那是出自我的画笔。"

讽刺类漫画通常都不受当权者喜爱，而在阿富汗，风险又多加了一层，那就是一些极端分子对此类创作通常会非常不满，因为他们认为描绘人物肖像有违伊斯兰教法，更何况是讽刺毛拉与塔利班的漫画。这一群体的不满往往意味着各种实打实的危险。

57岁的哈比比从事漫画工作已经25年，他意识到这一工作给自己带来的风险，还是要从塔利班时期说起。那时，阿富汗全国只有一家报纸叫《沙里亚特》，除了宣教，照片和漫画等都不允许刊登。哈比比说，那时如果有哪个画家胆敢画画，轻则遭受皮肉之苦，重则遭遇牢狱之灾，因此，许多人转行做了别的。哈比比也收起画笔，转攻书法。

　　"对于一个画家来说，不能画画是最痛苦的事，那时候我有了灵感，却不敢表达，害怕画出来会给自己招来麻烦，只能在自己心里想着。"

　　2001年塔利班下台后，哈比比恢复了中断5年的创作。

　　"你看看这幅，对，就是中间这幅。"他指着墙上的一幅画说道。我顺着他手指的方向看去，只见画面前方是一堵墙，一位阿富汗老人拄着拐棍，跪在地上，胸口有一片血迹；老人旁边是一位身穿长袍的中年男人，双手高举，保持着投降的姿势，胸口处同样有大片血渍；男人旁边有两位妇女，中间还有一个小孩儿，左边的妇女转向小孩，在安抚因害怕而大哭的孩子。在这群人前面的是一位头戴钢盔，手里拿着枪，枪口处还在喷火的美军士兵。

　　"这幅画创作于2013年，表达的是战争期间阿富汗平民死于美军士兵枪下，这幅漫画一经杂志发表，立即引来了美国大使馆的正式外交抗议。"哈比比面带微笑地回忆道。

　　"那后来如何？你被杂志社处理了吗？"

　　"没有，我们杂志社的领导顶住了美方通过阿富汗外交部施加的压力，既没有撤稿，也没有处分我。"哈比比跟前来参观画展的人打了声招呼后，继续说，"毕竟这属于言论自由与出版自由嘛，美国人既然标榜自己是民主国家，就应该意识到这一点，所以他们提出的要求简直荒唐可笑。"

哈比比有着阿富汗人在面对外国人时那种独有的骄傲与自豪。我们慢慢地从画廊中走出来，坐在外面的台阶上。夕阳下的巴布尔花园，一排排树木郁郁葱葱，几株盛开的紫荆花点缀其间，像是朵朵漂浮在树丛中的紫色的云。男男女女三三两两地坐在树下的草坪上，轻声交谈。哈比比拍了拍我的肩，像是做最后的告别。"无论是内战时期，还是后来的塔利班统治时期，我从未离开过自己的国家，就是要通过自己的灵感与画笔，告诉人们，这些年来阿富汗究竟发生了什么。"

拉赫劳·奥马尔扎德同样画过讽刺类漫画，不过那还是在苏联入侵阿富汗时期，他笔下的人物不是美国大兵，而是苏联人的暴行和阿富汗亲苏当局种种劣迹。与哈比比不同，那时他并没有收到什么极端派的威胁，而是直接被当局逮捕入狱。出狱后，已是军阀混战的年代，同当时许多阿富汗人一样，他选择了逃亡，去了巴基斯坦，直到塔利班掌权，才返回阿富汗。

筹备杂志期间，奥马尔扎德并没有因为一些艺术家的拒绝而放弃，而是成功地说服了其中的一些人，又去找了另外一批画家和作家，杂志最终得以出版。比哈比比幸运的是，塔利班并没有来找他的麻烦。

正是这本杂志促成了日后阿富汗当代艺术中心的诞生。那时，奥马尔扎德作为喀布尔仅有的艺术类杂志主编，经常去巴基斯坦参加各类研讨会、参观艺术中心，正是从那里，他接触到了当代艺术，并深深为之吸引。2004年，也就是塔利班下台三年后，奥马尔扎德创办了这所阿富汗当代艺术中心。说完自己的经历，奥马尔扎德带着我们去参观他的艺术中心，这是一处典型的阿富汗院落，临街的两层小楼是他和中心其他老师的办公室。办公室室外西侧有一条狭窄的通道，穿过去就来到了后院，后院里同样有一座一层建筑，整个建筑是一个巨大的展厅，这里既没有香气四溢的咖啡，也没有小资情调、穿戴考究的观众，只有展厅墙壁上挂着的抽象绘画作品，才能感受到浓郁的当代艺术气息。

有一幅摄影再创作作品，就摆在墙脚，上面是这样的场景：数十张大小不一的黑白照片平铺在画板上，照片上大部分都是阿富汗的女性形象，左边一张照片拍摄于一次爆炸现场，在四散外逃的人群中，一位老年妇女双手举向天空，愤怒地在大街上痛哭；中间是两幅小女孩的特写，她们瞪着惶恐的眼睛，盯着外面的世界；右边一整幅照片只露出一柄枪管。暴力、绝望、恐惧，每一张照片都传递着这样的情绪。把这些照片摆放到一起，上面再覆盖上用绳子结成整齐划一的网格。

"这就是许多阿富汗女人透过布尔卡看到的世界。"作品的作者，23岁的画家沙赫纳兹站在画旁，向我解释道，"我想通过这幅画展示女人在布尔卡后面看到的世界，正如你看到的，布尔卡眼部有许多正方形小孔，女人被困在布尔卡后面，她们看到的世界就是这样，被网格分隔，同时又充满恐惧。"

沙赫纳兹裹着黑色的头巾，外面又围着一条红灰蓝三色大方格的围巾，一双丹凤眼，颧骨很高，一副典型的哈扎拉人面孔，说起话来轻声细语。这幅作品是她在两年前，也就是自己21岁时，历经9个月的时间完成的。

"你注意到了吗？这幅作品上面的所有照片都是黑白的。"她伸出手，比画了一下。

"哦，还真的是这样。你不说我还真没留意到，"我略显尴尬地说，"为什么全用黑白，是更加能够表现痛苦与恐惧吗？"

"也不全是，"她轻轻地摇了摇头，"选用黑白的照片的确显得更加现实主义一些，能烘托那种哀伤与恐怖的气氛。"她指了指网格上点缀的几小条红布和橙色的小正方形挂饰，"但我又不想只专注于阿富汗女人的灰白的现实世界，所以用了这些小小的装饰，稍微提亮整个作品。"她又把手指挪向画框的最底部，我看到那里也坠着几个各种颜色的方形挂饰，"这些小红布条和挂饰，代表了惨淡现实里，女人心中一点点的愿望与梦想。用色彩与黑白的对比，来表现现实与理想之间的对比，我很喜欢这种张力，因此给这幅作品取名为《理想的色彩》。"

沙赫纳兹出生在伊朗，如同许多阿富汗人，尤其是什叶派的哈扎拉人一样，早年间，她的父母为躲避阿富汗战乱而逃到伊朗。多年以后，她与父母一同回到阿富汗，对自己的祖国，她却感到陌生。"我一到赫拉特，就看见满大街穿着布尔卡的女人，这让我很震惊。在伊朗，几乎没有女人会那样穿。"

看到阿富汗大部分女人都穿着蒙面的布尔卡后，她产生了想透过布尔卡眼部的罩网看外面的世界和布尔卡背后的女人到底是什么样的想法。有了这个灵感后，她辗转打听到了当代艺术中心的所在，登门拜访，在老师的指导下，开始到处收集各个时期刊登在报纸和杂志上的阿富汗女性的照片。起初，这个工作进展的并不顺利，许多人不理解她为什么要去集中展示社会的阴暗面。

"当我收集这些照片时，经常会有人很好奇，他们会问你这是在做什么，为什么偏偏要盯着社会的阴暗面，难道我们阿富汗人经历的苦难还不够多吗？你快把这些照片删掉吧！"沙赫纳兹瞪眼看着地上的鹅卵石，像是在自言自语，"我其实也能够理解人们的心情，谁不想将国家好的一面展示出来呢？"她略微顿了顿，继续说，"但我认为，这些照片所反映的都是真实的事情，在惨淡的现实面前还能拥有哪怕是一点点的彩色的梦想，这就是这个国家的人们积极向上的一种心态啊。"

一个月后，沙赫纳兹的《理想的色彩》摆在了当代艺术中心的展厅之中，一经展出就很轰动，当年3月8日国际妇女节，它曾作为杰出的女性艺术作品，在联合国阿富汗办公室驻地展出过。

因为画作被关进监狱、逃离家园，这些对于生活经常变化的阿富汗人来说已经是过去的事情，现在，除了极端人士偶尔的威胁，最让沙赫纳兹和奥马尔扎德发愁的，还是钱的问题。如同在世界其他国家一样，如果不是顶级的艺术家，很难靠画画或者摄影养活自己，在贫穷落后的阿富汗，情况更是如此，没有多少人愿意花高价购买艺术家的作品。沙赫纳兹担心自己的生计，所以她的主业是在一所小学当美术老师；奥马尔扎德要愁的则是艺术中心所需的资金，早年间，这个战乱国家里唯一的一处当代艺术中心得到了包括德国、法国等在内的欧洲国家的慷慨资助，现如今，随着国际社会对阿富汗援助的日益减少，艺术中心收到的款项也是越来越少。

"现在不但捐助大幅减少，就连我们的作品被租借到各个外国大使馆展览，他们也不太愿意付钱，此前我们有许多作品被带到挪威展览，至今他们既没有归还作品，也没有给钱。"奥马尔扎德抄着手，把我送到了大门口，"要是这种情况一直持续下去，这个艺术中心最后恐怕只能关门大吉了。"

他把我们送出来后，轻轻地关上了艺术中心那两扇破旧的大铁门。

第五章

战乱之外

20　新年

2014年冬，在一场漫天大雪中，我到机场送同事李大杰，那是我第二次到喀布尔后不久，他即将结束自己在阿富汗的任期，返回迪拜。临走前，在喀布尔机场的停车场，他拍拍我的肩，说了句，多保重！转身穿过送机的人群，消失在喀布尔茫茫的大雪之中。我站在那里，望着大雪中步履匆匆的行人，回味着他说的话。接下来，我将自己一个人在这座陌生的危险城市里度过漫漫岁月。多日之后，我才理解了"多保重"——这句所有去过阿富汗的人都明白的话的意味深长。

喀布尔的雪就如同阿富汗人的性格，很少婉转，极少中庸，总是下得汪洋恣肆，遮天蔽日。从机场回到办公室的小院，草坪上绿色的草皮早已经落满雪花，看上去像铺了一块白色的地毯。地毯中间有几行浅浅的梅花印，那便是"新年"在上面撒欢奔跑时留下的痕迹。我站在那个5米高院墙的院子里，仰头看着天空，簌簌的雪花飘在脸上，周围一片寂静，在自己的朋友圈里发了一句悲凉的感慨：大杰走的那天，喀布尔下起了雪，从此偌大的喀城只剩下我一个人和一只叫"新年"的狗。

"新年"本是无数游荡在瓦济尔·阿克巴·汗区坑坑洼洼土路上的一只普通的小土狗，她命运的转折就在那年冬天的某个时刻，在我们喀布尔办公室墙外溜达时，喜爱小动物的同事从外面采访回来时恰好看到了她。从此，她摇身一变，从摇尾乞怜的流浪狗变成了一只备受宠爱的宠物狗，不但吃食从街上的垃圾升级为各种骨头和狗粮，而且还做了驱虫和防疫。据说由于她当时实在太脏，第一次给她洗澡时用去了整整一瓶洗发水。因为捡到她时已经快过年了，所以给她取名叫"新年"。

我第一次见到她时，她正趴在我们门前的台阶上，一身灰白的毛，黑色的耳朵耷拉在头上，头埋在蜷曲的身体里，似乎是在睡觉。我拿着狗粮，悄悄地凑上前去，想摸摸她。刚伸出手，她抬了抬眼皮，立即垂下头去，露出惊恐的表情，连滚带爬，从台阶上跌落，钻到了旁边的车底下，发出一阵阵凄惨的哀号，地上留下一串尿渍，吓得我赶紧缩回手去。我想，这只四肢修长，被人遗弃的小狗必

新年，我的阿富汗"女儿"

是在街上流浪时遭到虐待，才会对人如此畏惧。我突然担心，这余下的日子里该怎么和它相处。

后来混熟了，就证明我的担心纯属多余。她一见到我就扑上来撕咬，我在办公室院子里几乎不敢穿新衣服，因为轻则被她扑脏，重则被她撕烂。她俨然成为这个院子里的霸主，每天肆无忌惮地狂奔，只要门口露出一点缝隙，她必然分毫不差地将头伸进门缝，迅速卡位，然后肩膀一扭，钻进屋里，进门之后直奔厨房的垃圾桶，不翻个底朝天决不罢休。为将她拦在门外，每次开门关门都变成了一场硬仗，必然经过一番斗智斗勇才行。

有时候晚上写稿累了，去门口一站，小家伙吧嗒吧嗒跑过来，直往身上窜！和她玩一会儿回屋继续写，刚一坐下，就听见她在门口哼哼唧唧，眼神卖着萌，摇头摆尾，谄媚地看着我。心一软，就开了门。起初，她还扭捏作态客套一番，做出不想进屋的架势。我看着她，说："你不进来我可关门了啊。"她立马巴巴地跑进来，进了屋兴奋地东闻闻西咬咬，连一根木头也不放过，扳倒垃圾桶，扯掉搭在椅背上的围巾。管也不听，索性任她疯，见我不搭理她，不一会儿就坐到我桌旁，又拿出要进门时萌萌的眼神求抱抱，我抱过来摸摸，她就又撒欢地跑去玩了。

天冷的时候，我把她抱进我的卧室，放在床边的地毯上，她倒也是知道外面天寒地冻，一晚上就安安静静地睡在那里。有一回，我想把她抱在床上和我一起睡，拽上来之后发现她已经在我洁白的床单上留下了一圈黄色的印记和满被窝的狗毛。还有一次，我早上醒来时，她立即起身窜了出去，等我洗漱完毕下楼以后，负责办公室卫生的女佣拉希玛已经举着扫帚站在我面前，控诉她在窗边角落里发现了一坨狗屎和一泡狗尿。

"新年"自从进了我们的院子，就几乎再也没有出过院门，整日跟人打交道，有时候她会误以为自己也是人，这突出表现在她对其他狗类的敌意上，就连她为数不多的"朋友"——新华社喀布尔分社的德国黑背Leo也不例外。Leo来自使馆，相比流浪的"新年"，他的出身就显得极为高贵，我们常戏称他是一只有编制的狗。Leo长得高大雄壮，站起来两只前爪都能搭到人的肩上，我曾亲眼见过新华社大门一开，他一个箭步冲上来朝着街上行走的阿富汗人脚踝吭哧就是一口的威猛景象。尽管如此，他为数不多来我们院子里做客的时候都惨遭新年突如其来又纠缠不休的一顿撕咬。有一件让人纳闷的事，就是无论新年还是Leo，他们从来不会咬中国人，无论是成天跟他们生活在一起的记者，还是偶尔来做客的陌生面孔。Leo唯一一次认错目标，对象还是一个穿着当地传统长袍的中国人，这并不能怪Leo，毕竟穿上阿富汗长袍的中国人看起来和当地哈扎拉人没什么两样。但两只狗对阿富汗人似乎天生充满敌意，除了自己院子里的人外，但凡有机会溜出大门，他们就像脱缰的野狗一般，龇着牙在大街上寻找可供下口的阿富汗人的腿。

作为一院之主，新年对自己的地位十分在意，这突出表现在她不能容忍其他任何动物在这个院子里和她分宠。我们院子的一角有个泳池，泳池旁边有个小型的喷泉，经常有各种小鸟飞进来喝水。它们无一例外都受到新年的骚扰，她潜伏在草坪上，像猫一样悄无声息，快到泳池时，腾空而起，一击而中。一个冬天，院子里的草坪上至少多出4具小鸟的尸体。

有一天上午，欧拜上班时带来一只小奶猫，她的妈妈刚刚因为误食老鼠药而死。她实在太小，头还一颤一颤的，眼睛都还没有完全睁开。我拿在手里一点也不敢用力，生怕把她捏死。那时新年总是屋里屋外乱窜，家里没一处安全的地方。思来想去，我剪了一个纸壳箱，在其中一侧挖了一个圆洞，把小猫放进纸壳箱中，再把箱子放到干涸的泳池里。我又拧下来一个瓶盖，倒了点牛奶和水进去，作为猫的口粮。她从纸壳箱的圆孔中颤巍巍地探出头，想要去喝奶，新年一看到泳池里有个会动的活物，就在岸边对着她一通狂吠，吓得小猫赶紧把头缩回箱子里。从那以后，新年就时时刻刻站在泳池边上，只要小猫一探出头，她立即龇牙咧嘴，狂叫不止，直到把小猫吓回去为止。那猫也是聪明，如此这般几个来回之后，她摸准了新年下不到泳池的底细，就不再有所顾忌，而是慢吞吞地从箱子里出来，任凭狗怎么叫，她还是低着头喝牛奶，急得新年在泳池边团团乱转。

我很着急，毕竟把猫养在泳池里不是长久之计。第二天，新华社记者来站里玩，天生猫奴的他将小猫抱了回去，这才了却了我心中的一筹莫展。

两年以后，新华社记者卸任，将这只取名为小宝的狸猫送回来时，她已经是五个孩子的母亲。起初，我一上前喂她，新年总会突然从某个角落冲过来，将她吓跑。到后来，新年的嫉妒达到了新的高度，那就是无论小宝出现在院子里还是屋子里，新年总会凭借着发达的嗅觉，在第一时间找到她，冲着她大声叫唤，已经两岁的小宝早不是当年那只任狗宰割的小奶猫，她会直接跑到泳池边上的小花坛中，那里有栅栏，还有铁链圈着，新年进不去。这时候，他们俩都不甘心轻易放过对方，新年冲着围栏里不停地叫，连脖子上的黑毛都倒竖起来。小宝则龇着牙，瞅准时机，以迅雷不及掩耳之势伸出一只爪子，对着新年的脸就是一顿暴揍。每次都斗得难解难分，叫声震天，只能我出面，将新年带离现场。看到我向着她，她才会得意地离开。

我和新年还无意间"谋杀"了这个院子中另一只活物。

夏天的某个傍晚，我无意间走入了喀布尔老城巴扎里的动物市场，狭小的过道里挤满了人，地上污水横流，空气中到处都是鸟粪的臭味。你必须在捂住鼻子和口袋的同时左冲右突，才能从人群中勉强挤过。过道两旁是动物商店，上面挂满了各式各样的鸟笼子，里面有五颜六色的鹦鹉，周身洁白的鸽子，还有眉纹修长的鹌鹑，后者是阿富汗历史悠久、至今依然十分流行的斗鸟活动的主角。我来到这里却不是为了鸟，而是奔着兔子而来。

走过市场前方的鸟店，就见到了几家卖兔子的店。它们蜷缩在商店门口的兔笼子里，闭目养神。我挑了两只身体白色，头部有黑色斑点和条纹的小兔子，连带着一只笼子，回了家。

喀布尔巴扎深处的鸟市

　　我刚从车里将兔笼子拿下来，新年就发现了异常。她两眼放光，还没来得及看清笼子里到底是什么，我已经快速地进了屋，顺手把门锁了起来，以免她进来捣乱。我把兔笼子放在二楼一间小屋子的桌子上，怕它们的脚被笼子下面的铁丝硌坏，我在下面垫上两条厚毛巾。又从花坛里割了些杂草，洗净了喂它们。我隔着笼子递进去一根草，它们就捣动着三瓣嘴，从草根到头一点点完整地吃进去，整个过程井然有序，既不胡吃海塞，也不囫囵吞枣，只有咀嚼青草的沙沙声。这样的进食方式我第一次见，每次给它们喂食我都感到无比的轻松自在，这真是消磨时间和放松精神绝佳的选择，两只兔子从此成了我的新宠。

　　这引起了新年的强烈不满。从那以后，她每次只要一进家门，再也不会青睐曾经钟爱的垃圾桶，而是直接上到二楼，试图撞开兔子所在的那间房门。还好我事先已有防范，每次离开之前都会把那扇门锁好，她只能对着房门乱吠一通，然后唧唧地哼上两声，悻悻地离开。但即使这样，我仍不放心，毕竟兔子是极其胆小的动物，狗的叫声也可能会吓到它们。于是，白天的时候，我把小兔子从笼子里拿出来，放到二楼卧室外的阳台上，这样它们就可以远离房门，即使新年上到二楼也问题不大。我特别喜欢两只毛茸茸的小家伙，一小时内要去阳台好几次，给它们喂草。新年看我总上二楼阳台，也猜到了两只兔子就在那里，它每次在院子里的草坪上看到我在阳台上蹲着，总要叫上半天，直到我起身离开为止。

我小心翼翼地将新年和兔子隔开，最后还是出了事。

有一天，我去二楼阳台的时候忘了锁房门。喂完兔子后，我爱不释手，抱进卧室一顿把玩，小兔子看到什么都觉得好奇，在地毯上一蹦一蹦，嗅嗅这里，闻闻那里，正当我拿出手机准备给它拍几张照片时，新年一头撞开卧室门，闯了进来。我、狗、兔子相视一愣，瞬间的惊愕过后，彼此都缓过神来，小兔子嗖的一下就钻进了床底；新年一步就冲到床边，使劲用爪子扒着床底的地毯，发出兴奋的叫声，想把头伸进去；我则跪到了床的另一边，俯下身子，把手伸进床底，想把兔子捞出来，但床下一片漆黑，什么也看不见。情急之下，我竟然忘了应该先把新年赶出去，而是拿起笤帚，用笤帚把试图把兔子扫到我这边来。那兔子躲闪不过，从床底下钻出来，火速地跑到了墙角。我赶紧跑过去，在新年赶到之前将它抱起，把狗撵出了屋外。这时，手上突然感到一股热流，一看是兔子尿了，它缩成一团，在我手上瑟瑟发抖。我把它重新放到阳台上，它快速跑到墙角，蹲了下来。接下来的两天时间里，它明显蔫了下来，不再跑动，也很少进食或喝水，我知道这是受了惊吓的缘故，第三天早上我去看时，它已经气若游丝、奄奄一息，中午时，它已经后腿蹬直，离开了这个世界。我把它的尸体拿下楼，新年凑过来看了一眼，走开了。

不久后，另一只兔子也死了，从此，我再也没养别的动物，这院子又成了新年的天下。

外国机构在阿富汗的办公室，通常都会养狗。一方面有安保方面的考量，另一方面又是外国人排遣寂寞生活的重要方式。在喀布尔生活，衣食住行所有的一切都围绕着一个原则进行，那就是尽最大可能减少遭遇袭击的风险。假如你居住的地方和办公地点不在同一处，那早晚高峰的通勤显然就大大增加了受到爆炸袭击波及的可能性。因此，为减少不必要的外出，外国驻阿机构通常都会租住独门独院的别墅，一楼办公，二楼睡觉，当然地下室也是标配，因为那是遭遇袭击时躲避流弹最佳的场所。

有着五米高墙的院子里活人没有几个。每天下午当地雇员下班后，院子里的活物就只剩下保安和我，保安们几乎都不会说英语，我又不会说达里语，双方之间的交流极其有限。这时候，有只狗在身边，无疑就成了打发时间和孤独最佳的伙伴。寂寞的喀布尔，与其说是狗需要人的照

顾，不如说是人更需要狗的陪伴。一个记者站，通常都已
经设立了十几二十几年，而记者们的任期也就一两年。人
来了又走，走了又来，而我们养的狗却始终在那里，迎接
和目送着一批又一批来来往往的人。

21　阿富汗的雪

　　那年冬天，整个阿富汗北方都在下雪。许多时候，早上一觉醒来，拉开窗帘，就看到窗外已是白茫茫的一片，院子外面杨树枝枯黄的叶子上都覆盖着厚厚的一层，乌鸦落在树枝上，一颤一颤的，那上面的雪就一块块地掉下来。大街上，早起的人们步履匆匆，踩在雪地上，留下了沙沙的声音。

　　我们办公室后面有座小山叫比比·马赫鲁，山不高，却足以俯瞰整个喀布尔。那时山顶上还有散落在阿富汗全国各地的抗苏战争时期遗留下来的坦克残骸，后来山上经过一番整修，那残骸不知所终。山上多了一个游泳池，但多数时候里面并没有水。山顶密密麻麻地种上了各种树木，并架起了一支高大的旗杆，上面飘扬着一面巨大的阿富汗国旗。春天的傍晚，无数大人与小孩在山上放风筝，五颜六色的风筝高高地飞翔，在我们办公室院子里就能看到，那场景就和《追风筝的人》里描述的一模一样。

下完雪之后，我会去办公室后面的小山上，静静地看着这座中亚山城。它横亘在四面环山的一座大型盆地之中。极目远眺，远处的山顶，早已被积雪所覆盖，这积雪要到来年的六月才会慢慢消融。低矮的平房从山脚一直延伸到远处的山顶，房顶和院子里全都铺满了雪。喀布尔冬天昏黄的主色调瞬间就变成了白色，盖住了这座城市所有的不安和恐惧。

雪一直下，最初带来的浪漫转瞬即逝，灾难的消息开始不断传来。2月24日到25日，连续两天，阿富汗北方遭到暴雪袭击，强降雪引发多起雪崩，造成286人死亡，143人受伤，1248所房屋受损。受灾最严重的是北部的潘杰希尔省，发生在该省的多起雪崩事故已经造成198人死亡，一百多人受伤。2月最后一天的一大早，我和来阿富汗出差的同事葛珊珊、欧拜和卡里姆，带上办公室唯一一把AK-47，坐车前往潘杰希尔省采访报道。

从喀布尔出发，沿着76号公路，一路向西北方向驶去，就到了喀布尔长途客运站，所有去往阿富汗北部的长途汽车都从这里始发。这里人声鼎沸，热闹异常。戴着传统毡帽的司机们有的站在车门口，扯着嗓子大喊：马扎里沙里夫！巴达赫尚！潘杰希尔！有的站在车站旁的环岛处，一有出租车抵达，他们就立即围上去，想知道从出租车上下来的乘客是不是去自己车的目的地。卖茶的小贩，端着托盘，熟练地在熙熙攘攘的人群中腾挪，将一杯杯热茶端到旅客面前，寒冷的早晨，穿着大衣、裹着毯子的人们接过红茶，一仰脖，那温暖的液体顺着食管直达胃部，旅人们露出心满意足的笑容，长长地呼出一口白气，那一团团白气升入空中，直到最后与清晨的雾气融为一体。

过了长途客运站环岛，再翻过喀布尔西北部人口稠密的山口，就驶入了两山之间一片开阔的平原。这里就是帕尔旺省，公元1221年，从中亚一路杀来的3万蒙古大军在大将失吉忽秃忽的带领下与花剌子模国苏丹札兰丁的军队在此爆发了一场大战，这位英勇善战的苏丹在此役中大败蒙古军，这是蒙古大军西征后第一次遭遇到重大挫折。此后数年间，札兰丁在蒙古大军的追击下，相继攻占波斯高原、美索不达米亚平原和外高加索山多地，成为一名传奇人物，但终因实力相差悬殊，被蒙古大军一路追击至土耳其东部的山中，被一名库尔德人杀死。

　　我去过帕尔旺很多次，春天是它最美的季节。公路两旁是高大的山脉，山顶上还覆盖着冬天的残雪，在阳光下熠熠生辉，两山之间大片的田野上小草已经迫不及待地破土而出，染绿了整片平原。道路两旁低矮的土坯墙早已关不住满园春色，桃花、杏花、梨花、野樱桃花竞相开放，在荒山的映衬下，这些或红或白或粉的花朵更显得娇嫩动人，路旁不时有小孩向你招手，兜售刚从山野中采下来的虞美人。在帕尔旺省省会恰尔卡里城外的小山上，成千上万株紫荆花，沿着山脚一直延伸到半山腰。从远处看过去，就像给蓝天白云下的雪山脚盖上了一层紫色的棉被。阿富汗的春天绝不像江南般莺歌燕舞，自有其高俊冷酷中那一抹浓烈的斑斓色彩。

　　相比一些南部或东部省份，帕尔旺是一个比较安全的地方，当然，安全在阿富汗从来都不是一个绝对的概念：同样一个地方，今天还风平浪静，明天就可能落入武装分子之手。我们之所以选择一大早从喀布尔出发，就是因为横穿帕尔旺的公路两侧情况不同：靠近开满紫荆花山的一侧是比较安全的地带，而公路的另一侧，掩映在浓密树林中的众多村落里则时有匪徒绑架或者武装团伙出入。这些人作案的时机通常是傍晚或夜间，所以每次去潘杰希尔，

人们在紫荆花树间踢球

帕尔旺省省会恰里尔南面开满花的山坡

都尽量是一大早就出发，目的就是在返程时赶在日落之前驶过帕尔旺，回到喀布尔。

车驶过帕尔旺省省会恰里卡尔，在尚未到达萨朗山口前的一处高地前向右转，驶过一片坑坑洼洼的土路，就进入了潘杰希尔省。潘杰希尔，达里语意为五头狮子。整个省份坐落于潘杰希尔河两岸，河谷两侧是高大的山脉，连接外界的只有一条沿着河岸修筑的公路，一夫当关万夫莫开的地形使得潘杰希尔成了当年阿富汗游击队抗击苏联军队的理想之地。

熟悉阿富汗当代史的人对潘杰希尔肯定不会陌生，它距萨朗山口仅40多公里，后者是连接阿富汗首都喀布尔和当年苏联乌兹别克共和国的必经之地，是当年苏军军用物资运输的生命线。盘踞在潘杰希尔河谷的马苏德领导的武装力量对苏军这条运输生命线构成重大威胁，他们经常向苏军车队发动袭击，破坏苏军的运输线路，以至于后来成功穿过萨朗山口的苏联卡车司机都能被授勋。

苏军先后对潘杰希尔进行了9次大规模军事围剿行动，它与马苏德领导的穆贾希丁游击队你来我往，在这片山谷中形成了敌进我退、敌退我追的拉锯之势，直到1986年苏联宣布从阿富汗局部撤军后，潘杰希尔战事才逐渐进入尾声。在那场持续了十年的战争中，潘杰希尔河谷是苏军、阿富汗政府军与"穆贾希丁"游击队冲突最为激烈的地区之一。[1]现在，潘杰希尔河谷还有当年苏军遗留下来的大量坦克，静静地躺在这片号称"坦克坟地"的土地上。

　　塔利班时期，这里又凭借着天堑般的地形，成为马苏德领导的北方联盟抵抗塔利班攻势的绝佳地点。塔利班下台后，能征善战的潘杰希尔人大批涌入喀布尔城。如今，喀布尔城内到处都能够见到潘杰希尔人的身影，就连我们办公室的四名保安也都来自那里。虽然都是塔吉克族，但就像所有国家带着与生俱来优越感的首都居民一样，我们的喀布尔人摄像欧拜对此就颇有一番微词，说他们拉帮结派，是一群野蛮人。当然，欧拜也只能逞一时口舌之快，因为在阿富汗，相比于东部南部彪悍的普什图人和北方粗犷豪放的塔吉克人和乌兹别克人，城里的喀布尔人就像待宰的羔羊一样柔弱无力，在问鼎首都的征途上，无论东南方还是北方的军事强人，谁都不会在意喀布尔人的想法。

　　一进入"五头狮子"之地，立即就感受到了这里的

1　BRUCE. Afghanistan: The First Five Years of Soviet Occupation[M]. National Defense University Press, 1986.

不同，帕尔旺开阔的田野变成了狭窄的谷地，两旁高耸的山脉遮挡了大部分阳光，山下的潘杰希尔河已经结冰，河左侧的道路只能并排通行两辆车，整个河谷阴冷昏暗。刚一进入潘杰希尔河谷，就有一座检查站，在这一夫当关万夫莫开之地，这样一座检查站足以将任何试图发动袭击的外人挡在谷外，无怪乎潘杰希尔是阿富汗最安全的省份之一。我们下了车，将护照递给检查站的警察，并说明了来意，那几个扛着枪、脸被风吹得通红的塔吉克汉子看看我，又看看珊珊，盘问了制片人几句，就放行了。车子在河谷蜿蜒的公路上飞奔，两旁的山上已经完全被积雪覆盖，顶上覆盖着一层薄薄的旗云。沿途的路边随处可见被大雪压断的树枝和电线，路上没有什么别的车辆，这深山的峡谷之中只有我们一辆车，沿着潘杰希尔河向前行驶。大家起得太早，现在都有些昏昏沉沉，车里没有人说话，天地间一片安静。"千山鸟飞绝，万径人踪灭。孤舟蓑笠翁，独钓寒江雪。"在这高山耸立的河谷之中，第一次真切体会到了中国古代诗歌的博大精深。我不禁感叹，柳宗元当年如果来过此地，恐怕要创作出比《江雪》更加精妙绝伦的伟大作品。

走在这条路上，很容易理解潘杰希尔为何雪崩频发：山谷两侧的高山上寸草不生，冬天降下大雪后背阴的一侧

雪后的潘杰希尔峡谷

始终不见光照，无法融化的雪越积越多，在二月末天气稍
微开始转暖后，前期经过挤压还算紧实的雪开始变得松
动，这时又下起大雪，落在已经松动的雪层上，承受不住
重量的雪体就会崩塌。

如果夏季前来，潘杰希尔呈现的是一派世外桃源般的
田园风光：碧绿的潘杰希尔河河水清澈见底，在山谷中流
淌，刚一进入峡谷没多久，就看到道路拐角处，开着一家
简易版河景"农家乐"，取现捕的潘杰希尔河冷水鱼，不
裹面粉、不加调料、无须腌制，放入滚烫的油锅中炸，出
锅后通体色泽金黄，咬上一口，肉烂骨松，配着洋葱丝，
满口留香，真是人间美味。

溯河而上，有年轻人拿着网，站在河中捞鱼。河滩
上长满柳树，当地的小孩在河里洗过澡后，骑着驴在河滩
上嬉戏。有一回，我忍不住也下了水，盛夏时节，潘杰希
尔河河水冰凉刺骨，水流湍急，我游了一小段，实在坚持
不住，只好上岸，冻得直打哆嗦。我们把西瓜放在水中冰
镇，捞上来后切开，鲜凉可口。

马苏德的陵墓就修建在潘杰希尔河边的一处小山丘
上，那时，它的主体建筑尚未完工。站在山顶，极目远
眺，狭窄的山谷中，河滩两侧是绿油油的麦田和农民依山

潘杰希尔河谷

在河谷中玩耍的孩子

而建的村舍，好像一幅诗情画意的田园画。

那年冬天，居住在峡谷里的农民可没心思欣赏风景。就在我们从喀布尔出发去采访的两天前，河谷道路右侧巴掌大平地上的牧民阿明·哈格傍晚时分刚把羊群赶回家，刚坐在地毯上，还没端起妻子送过来的茶杯，就听到了山谷中突然响起低沉的轰鸣之声，像是从地底下涌上来一般，他还没来得及出门查看，巨大的雪体已经从道路左侧的山上砸下，瞬间削去了他家四间土坯房中最右边的一间半，等他缓过神来冲出门外时，那巨大的雪体裹挟着沙石已经一路冲入公路下方的河床之上，只留下房子后面斜坡上巨大的摩擦痕迹，像是有人在坚硬的冻土上硬生生地用刀划了一道伤口。与此同时，门前的公路上竖起了一座三米多高厚厚的雪墙。

我们见到哈格时，他和家里的男人们正在清理院中被雪摧毁的瓦砾砖块，他气喘吁吁地说，好在没砸到家里的羊圈，东屋里也没什么值钱的东西。救援队伍已经打通了门前公路上的雪墙，车辆已经能够通行。但山谷内更深处的邻居们则远没有哈格这样的运气，再向前一公里，道路彻底被巨大的雪体掩埋，里面至少还有75公里的路段没有抢通，山谷内的居民与外界彻底失去了联系。受灾最严重的帕尔岩地区区长阿卜杜勒·艾哈迈迪走了两天两夜，才从山谷深处走出来，他说至少还有45000名村民被困在其中，更要命的是许多村民家中牲畜被雪砸死或者冻死，而这些都是这个贫困山谷中老百姓唯一的经济来源。

严重的灾情引起了阿富汗政府的重视，阿富汗总统加尼和首席执行官阿卜杜拉分别视察了潘杰希尔灾区。为纪念死难者，阿富汗政府宣布全国哀悼三天，并下令拨款2000万阿富汗尼（约合人民币210万元）用于赈济受灾的家庭，至于这些钱能不能落到灾民手里，或者能不能满足灾后重建的需要，恐怕永远也不会被外人知晓。

那一年冬天，我自己其实也是雪灾的受害者。

喀布尔的凌晨并不平静，远处总是传来阵阵狗叫，或一两声救护车警笛声。凌晨4点，清真寺的宣礼声划破夜空；5点，尖利的袭击预警声响彻整个使馆区；6点，几声清脆的枪响自远处传来；7点，支奴干直升机掠过屋顶发出巨大的嗡嗡声，它搅动的气流震得窗玻璃咔咔作响；8点，停电后发电机启动带来的轰鸣声震耳欲聋，这一切声音混在一起，仿佛调式不断变换的交响乐，让人心烦意乱。

后来，发电机巨大的轰鸣声终于战胜了其他所有声响，成了一切声音中的主调。那一年冬天，整个阿富汗北方雪下得格外多、格外大，压垮了连接首都喀布尔和北方的萨朗山口的电力设施，导致喀布尔全城连续停电。每天上午8点多，值班的保安打开放在室外的发电机，那白色的机器就喷出黑色的浓烟，像打桩机一样咚咚地响个不停。那段时间颇为难熬，无论躲在屋里任何角落，哪怕是阴冷的地下室，都能清晰地听到它肆无忌惮的喧嚣与振动，这噪声甚至一度和我的耳朵产生了某种共鸣，只要它一响，耳朵深处就传来嗡嗡的声音，与发电机的噪声共同演奏着狂乱的曲目。这两种声音共鸣后，传入脑中，我所有的脑细胞仿佛都随之沸腾，同时在里面游来游去，互相碰撞挤压，使大脑始终处于一种昏昏沉沉的状态。只要一开门，刺鼻的柴油味瞬间扑面而来，让人呼吸困难。整个冬天我都心烦意乱，狂躁不安。

那英国产的白色发电机似乎也受不了不间断、高强度的工作，开始频繁罢工。这种时候，我总是庆幸这难得的片刻的宁静，但时间一长，却发现这并不是长久之计，因为停电后办公室的网络立即就陷入瘫痪，无法向北京回传稿件。人总是会两害相权取其轻，意识到宁静与网络不能兼得时，也只能选择后者。过了两天，喀布尔全城恢复了供电，只是每天限定两小时，后来又变成了三小时，就在我以为情况渐渐好转之时，供电的时间却始终没有任何延长。后来，得到消息称，萨朗山口已彻底被大雪覆盖，连电线杆都已被雪完全掩埋，变成了人迹不可至的荒野。所以也就不再抱有任何无谓的幻想。长时间暴露在发电机的噪声之中，我终于对人的适应能力有了新的认识：发电机的声响已渐渐不再是噪声般的存在，虽然它始终没有达到动听的音乐这样的地步，但至少不再那么令我烦躁，我试着和它共处，有时又充耳不闻。到后来，情况出现了逆转，它频频坏掉之后的片刻安宁，反而成了不可忍受的非正常状态。那时唯一让我讨厌这巨大白色立方体的，不再是它的噪声，而是每天早上醒来后鼻孔里的黑灰，这其实也不能完全怪罪于它，毕竟这黑灰中除了发电机的黑烟，还有炉火烟尘的贡献。很久之后的某一天，早上8点，发电机没有响起，我以为是保安偷懒，没有启动机器。却发现床边的插板上红灯已然亮起。那一天我始终在等待中度过，觉得两小时后某一瞬间办公室内电器"啪"的一声全灭自是理所应当，直到夜幕降临，发电机熟悉的轰鸣声都没有再响起来。

在经过了四十二天的漫长等待后，喀布尔终于通电了。我走到发电机前，冲着它抛出了一副鄙视的眼神，又狠狠地咬了一口刚买的馕。"小样儿，我终于还是战胜了你！还嘚瑟不！"我得意地说道。

22　冬夜里的炉子

除了新年，寒冷的冬天里，我们办公室里还有一件可以排解孤独的物件，那就是炉子。喀布尔没有集中供暖，在这个冬天气温动辄达到−10℃的温带大陆性气候的城市，每家都有自己的取暖方式，最常用的还是炉子。我们二楼客厅的一角，摆放着一个圆筒炉，我闲来无事时，就试着把它点燃。

点火生炉子这事儿颇有几分技巧和运气的成分，国内的炉子一般在下方开个小门，便于从下方点火，火苗向上窜，把上方的木头引燃。阿富汗的炉子则只是一个圆筒，在上方开门，这就使生火变得困难。第一次点火的时候什么也不懂，按照国内的记忆，先在下方放几张旧报纸，再在报纸上放上小树枝，上面码上大木头疙瘩。都码完后傻了眼，没法从下面点火！不得已，只能先点燃报纸，再掀开炉盖，飞速地把最上面一根木头掀开，把报纸塞到下面一层，但下面还是大木头块，这个办法根本行不通。第二次，在第二层木头表面滴几滴引燃剂，报纸塞进去，引燃剂着了，正暗自得意时，发现引燃剂很快烧完，上面的木头除了熏黑了一块，纹丝不动。第三次，滴了十几滴，引燃剂下面的木头终于着了，有了一丝微微的火苗，淡蓝色的小家伙像担惊受怕的蜗牛头一样，东探探西瞅瞅，炉子旁的我连呼吸都屏住了，生怕一口气下去这可爱的小生命瞬间熄灭。但引燃剂烧尽后，小家伙没能坚持多久，小苗越来越低，越来越微弱，小小的蜗牛头缩回木头里，怎么也找不见了。蜗牛头缩回去了，烟却毫无防备地从木头下方扑上来，感受到烟浓浓的敌意，眼泪瞬间就从眼眶里出来了，烟可不像小火苗那样脆弱，通过鼻孔就进了呼吸道，呛得我直咳嗽。不甘心，重新再点一次，四分之一瓶引燃剂倒下去。这次蓝色的蜗牛头总算出息了，从随风摇曳地淡蓝渐渐地蜕变成起舞跳跃的金黄，烧了一会儿后，不知道什么原因，眼见着它又从金灿灿的舞者退化回探头探脑的蜗牛头！这时候我突然想起来把这块木头着火的一面朝下，也许就会好点，钩子不够长，伸手就去翻，结果抹了一手黑，还好烧的时间短炉子还不热，要不然这手估计也废了。翻完后还是没动静，眼里流着刚才烟呛的泪，手上留着翻木头沾上的灰，瞬间觉得要败走麦城了。这时候突然接了个电话，回屋待了大概一刻钟，打完电话到客厅望了一眼，火红的炉火烧得柴火噼里啪啦作响！刚擦干的眼睛又湿润了，这次不怪烟，是激动的！这熊熊燃烧的火就像是证明自己历经失败，终于干成一件了不起的大事似的。打开炉盖想看个究竟，用钩子一勾盖子掉在了地上，加了两块大木头疙瘩。正得意时，突然闻到一股异味，左右找不到来源，勾起刚才掉在地上的炉盖一看，地毯已被滚烫的炉盖烧出一块大洞，完美的圆形和炉盖的形状一模一样。

想来，生炉子这件小事和人生一样，有时候我们满怀希望，却因为经验不足或者实践太少，最初几次总是失败，失败了吸取教训，改正了再来过，尽管并不是每次失败都能换来成功，但希望总还是有的，说不定哪次就会收获惊喜。当然，成功了也不要骄傲，得意忘形往往就是失败的起点。

我对炉子有一种特殊的感情，不是因为它能给我带来温暖，而是因为它是我童年生活的一部分。记得上小学的时候，每到冬天学校里都会装炉子。把桌椅向两边分开，教室中间留出一块空地，用砖垒一个上下两层的长约

1米，宽半米左右的立方体，上层烧柴禾，下层掏灰。砖垒好后，在外面抹一层泥，这泥是提前用黄土、水和稻草一起和的，用草是为了增加泥的黏性，以便把各个砖缝都堵上，防止将来生炉子时冒烟。炉子外面全抹上泥巴后，在里面架上火，把泥里的水分蒸发掉，一个结结实实的土炉子就成啦！炉子的上方留一个圆洞，将铁皮做的烟囱插上，成横L型伸向窗外。整个炉子和烟囱活像一个黄色的小火车头。每个同学都从家里拿来木头，我小学班主任是个极其爱干净的人，他会把所有的木头锯成同样的长短，一层层整整齐齐地码放成一个四四方方的正方体，摆在教室的一角。

那时候，我是班长，拿着班里的钥匙，每天要比其他同学早到，负责开门。我还有个搭档叫徐广成，他上学晚，比我们都大一两岁，干活特别麻利，因此就让他负责点炉子。我们先在炉膛的下方放层松针或者树叶，上面铺一层细树枝，树枝上面铺一层截好的木头，最后再引燃一张纸，放到最底下的树叶上，将其引燃，这时候要轻轻地用嘴往里面吹风，这风可不是一般人都能吹好的，力道小了，火烧不起来，会将整个屋子弄得乌烟瘴气；吹得猛了，又会直接把火吹灭。我从小动手能力就差，总是点不着，最后每次都还是得徐广成来。炉子生好后，整个白天炉火不断，教室里特别暖和。我们早上从家里带个饭盒，里面装上米饭和菜，到中午的时候就拿出来一盒盒地摆在炉子上，不一会儿屋里各个角落都充斥着酸菜炒肉，白菜豆腐的味道。放在最下面一层的饭盒最热，里面的米饭总是会长一层锅巴，吃起来特别香。后来我去镇里上了初中、到县里读了高中、在西安上了大学，再到北京参加工作，就再也没有吃过土炉子燔饭，那种香气成了回忆，永远印在了我的脑海之中。现在想来，这已经是二十多年前的事了，如今在阿富汗又见到了炉子，时光仿佛倒流了一般。

生好炉子后，我就去把门打开，新年钻进门缝，在屋里搜寻一圈后，就安安静静地躺在炉边的地毯上，一声也不吭。我打开电脑，看一部电影，或者翻开一本书，慢慢地翻看。我俩谁也不说话，生怕打破这难得的宁静，偌大的屋子里只有炉火熊熊燃烧的声音。

前两年我回国休假的时候，去看望了我的小学班主任，他就住在离我家不远的村子里。我推开门，已是满头白发的他依然如当年一样，浑身上下穿得整整齐齐，两条裤腿依然沿着中线叠出一条直线。他看到我，先是一愣，我自报家门，他长舒一口气，赶忙从炕上下来，一把把我抱在怀里，连呼多年前那个圆胖胖的小男孩现在已经长大成人，老师都不敢认了！我们一件件地回忆起往事、聊起18位同学的近况，我跟他说起自己在喀布尔生炉子的情景，互相感叹时光不经意的流逝，留给我们的只有记忆。在喀布尔找回和唤起的，就是自己对童年的回忆。

对于琐事的关注和对过往的回忆，不光是因为寂寞的时光需要填补，还因为久居喀布尔的人自有他的生存法则，那就是必须在各种袭击发生的间隙努力寻找生活的静好，一颗文艺、浪漫的心是对抗惨淡现实必不可少的武器。就如同你明明知道阿富汗全国禁酒，却想着在夜里雪花簌簌落下的时候，一个人坐在炉火前，听着音乐或看着电影、喝上一杯红酒该是多么美好的图景。

在喀布尔，想喝上一杯红酒并不容易。外国人入关时，最多可以携带两瓶酒。平时想要喝酒，主要有两个渠道：一个是外国使馆、美军基地或联合国驻地，他们有外交通道，进口货物不受限制，但出席使馆正式活动的机会毕竟十分有限，况且大部分时间都是公务在身，推杯换盏也需留有余地，以免在大庭广众下失态；第二个渠道就是黑市，人这种动物，可能天生就有一股反叛精神，你越是不让我做什么，我就越想尝试一下。在禁酒的阿富汗，商人们依然有渠道搞到世界各地的威士忌和啤酒，红酒当然也有，只不过在喀布尔它被称之为女人的饮品，男人们通常因其酒精度数不高而对它不屑一顾。在喀布尔买酒，你需要想方设法，通过熟人、电话、暗号等一系列复杂的操作，在约好的时间、秘密的地点，迅速跳下车，和门口的某人交换个心领神会的眼神，他麻利地打开店门，你跟着潜入店中，迅速选定目标，一手交钱一手交货，再悄悄地用黑色塑料袋套住那几瓶充满诱惑力的液体，迅速带回车上。整个交易过程隐秘、安静、高效，只是这需要门路、耗时耗力、价格昂贵且充满风险。

困难重重，依然无法阻挡人们想要喝酒的执着与热情，事实上，我后来了解到，不光是我，大部分驻阿富汗的外国人在喀布尔喝的酒都比平时要多得多，我想，这大概就是大家舒缓紧张情绪与消磨孤独时光另一件绝佳的武器吧。

23 巴米扬的传说

　　我们办公室有两个会讲英语的当地雇员——制片人卡里姆和摄像欧拜，他们俩都是男人、都是喀布尔人、都是穆斯林、都是"80后"、都拥有阿富汗绝大部分男人那种瘦削的身材。除此之外，他们几乎没有其他任何共同点，卡里姆说话轻声细语、含糊不清，欧拜说话声调高昂、吐字清楚；卡里姆性格腼腆、老成持重，欧拜活泼开朗、机智灵活。就是这样的两个人，工作起来居然能配合得天衣无缝，真让人觉得有点匪夷所思。

　　欧拜常挂在嘴边的一句话就是：我是城里人。去贾拉拉巴德出差，我问他开车大概需要几小时，他说要四五个小时，等我们真的上路以后，才发现只要两个多小时。我转头瞪了他一眼，他耸耸肩："我是喀布尔城里人，没来过这么远的地方。"司机菲鲁兹两岁的小女儿不幸夭折，我想去参加葬礼，欧拜拦住我："你还是不要去了，他们乡下人观念比较保守，可能不太愿意外国人去参加这样的场合。我们城里人一般不会介意。"

后来，我又看了阿富汗前国民议会副议长法奇娅·库菲的自传《我不要你死于一事无成　写给女儿的17封告别信》，书中描述了她从家乡巴达赫尚省首次来到首都喀布尔时的欣喜之情，和从农村到"大城市"生活的兴奋之感，我看着喀布尔破败的街道和低矮的房屋，实在搞不懂他们所说的城里和乡下到底有什么区别。

直到我去了巴米扬。

巴米扬可能是除喀布尔之外，阿富汗最广为人知的一个省份。2001年3月，塔利班不顾国际社会强烈反对，炸毁两尊巴米扬大佛，无数人通过电视镜头目睹了21世纪人类文明史的一次浩劫。

这两尊大佛建于公元6世纪（一说为5世纪），大的叫"塞尔萨尔"（意为宇宙之光），高53米；小的叫"沙玛玛"（意为太后），高37米。我国唐代高僧玄奘在西天取经的过程中曾到过巴米扬，他在《大唐西域记》中这样记载两尊大佛：

　　王城东北山阿有立佛石像，高百四五十尺，金色晃曜，宝饰焕烂。东有伽蓝，此国先王之所建也。伽蓝东有鍮石释迦佛立像，高百余尺，分身别铸，总合成立。

　　当时，巴米扬除了两尊立佛外，还有一尊卧佛。《大唐西域记》中说：

　　城东二三里伽蓝中有佛入涅槃卧像，长千余尺。其王每此设无遮大会，上自妻子，下至国珍，府库既倾，复以身施，群官僚佐就僧酬赎，若此者以为所务矣。

　　如今卧佛早已不见踪影。事实上，早在塔利班之前，两尊大佛已经多次遭到破坏，印度莫卧儿王朝（统治范围包括今天的阿富汗大部）第一任君主巴布尔曾下令摧毁这两尊佛像，莫卧儿王朝第六任君主奥朗则布和波斯君主纳迪尔·沙·阿夫沙尔都曾做出过同样的决定，两尊坚固的佛像屹立不倒，抵挡住了冷兵器时代的各种破坏。阿富汗巴拉克扎伊王朝铁血埃米尔阿卜杜勒·拉赫曼·汗在平叛了巴米扬哈扎拉人的起义后，下令捣毁了大佛的面部。

被炸毁的巴米场大佛

1998年，塔利班占领巴米扬省之后，其军事将领阿卜杜勒·瓦利德就下令在佛像的头部钻孔，安放炸药，此举遭到了塔利班领导人毛拉·奥马尔的反对。1999年，奥马尔曾要求对两尊大佛进行保护。两年以后，奥马尔改变了主意，下令摧毁这两尊佛像。

巴米扬坐落在阿富汗中部兴都库什山和巴巴山脉之间，是阿富汗第三大民族哈扎拉人的祖居地，是哈扎拉贾特最重要的组成部分之一。它距离首都喀布尔仅140公里，坐车只需要两个多小时即可到达。但走陆路要穿过塔利班活跃的地区，为避免危险，绝大部分外国人会选择乘坐飞机前往。那时，阿富汗国内有两家航空公司经营这条航程30分钟的航线，每周三班往返。

初秋的早上，我和欧拜赶到了机场，搭乘老式的安-24螺旋桨飞机，飞过阿富汗中部连绵不绝的群山，抵达了巴米扬机场。这个只有一条跑道的机场，看起来更像一个小型客运站，我们的行李从飞机上拿下来，直接用小货车拉到出口处，自行翻捡。

从机场出来，道路两旁是笔直葱绿的白杨，路边的田野中，妇女们弯着腰，正在地里挖土豆，三三两两的小孩赶着毛驴走在马路边上。直到这时，我才理解了欧拜和库菲关于农村和城市对比的描写，喀布尔在外国人眼中可能不及别的国家一座普通的县城，然而它对于阿富汗其他地区的人来说，确实堪称一座喧嚣的大都市。巴米扬市虽然是该省的省会，但市内找不到几栋高楼大厦，无论从任何标准来看，它都算不上是城市，充其量只是一座大型的村庄，这里既没有四通八达的街道，也没有熙来攘往的人流。两三条道路，两旁是一排排的土坯房，有各种小卖铺和水果摊，这些就构成了这座"省会城市"的全部，这里至今依然没有通电，家家户户的院子里都立着小型太阳能光板。

我们住在日本女记者开设在巴米扬的"丝绸之路"客栈中，客栈里有一个小院子，碧绿的草坪修剪得整整齐齐，紫色的雏菊一簇簇开的正好，墙边的苹果树上挂满了红彤彤的果实。客栈是一栋二层小楼，一楼是客房和纪念品商店，二楼是客房、餐厅与休息室。由于巴米扬没电，这里每天限时供电，我们晚上无处可去，躲在休息室里看电视，那里面还有一张电影《夜宴》的光碟，在这个陌生之地的夜晚看一部中国电影，感觉甚是奇妙。每个房间里都有炉子，尽管刚到9月初，阿富汗中部高原夜晚的气温就已经降到了0度以下，需要生炉子取暖。在二楼房间的阳台上就能清晰地看到两尊大佛剩下的巨型佛龛，它们镶嵌在

远眺巴米扬大佛

巴米扬的群山之中，静静地矗立在那里，俯瞰着眼前郁郁葱葱的田野和远处巍峨的巴巴山。

穿过田间小路，就来到了大佛的脚下，虽然佛像已经不在了，我们仍能够从两窟佛龛中感受到它们曾经的高大。走到入口处，一个约莫40岁左右的中年人从远处跑过来，给我们开了门，我们来到大佛"塞尔萨尔"的脚下，沿着它左边的台阶拾级而上，蜿蜒蜒蜒一路竟然爬到了佛头原来的位置，从这里看去，巴米扬河谷绿色的田野、笔直的杨树、田间流淌着的巴米扬河组成的一幅绝佳的田园山水画尽收眼底。

沿着佛龛分布着密密麻麻的小型洞窟，据不完全统计，这样的洞窟大约有2000个。有的洞窟中依然能够见到彩色的壁画，只不过由于人为破坏，这些壁画大多已是残缺不全。

2001年3月2日，塔利班摧毁大佛的举动正式开始。巴米扬人赛义德·米尔扎·侯赛因·艾哈迈迪在接受我同事采访时依然记得当时发生的一切："他们先是用大炮对准佛像进行轰炸，一连数日，虽然炸下一部分，但佛像整体结构依然挺立不倒。塔利班后来又想了另一个办法，往佛像里埋炸药。"

艾哈迈迪回忆说，塔利班运来的炸药足足有20多卡

从“哭泣之城”遗址看巴米扬河谷

车。他们命令包括艾哈迈迪在内的当地人绑一根绳子，高空作业，在佛像身上各处凿洞，然后埋入炸药，这一过程持续了多天。最终，这两尊挺立了15个世纪的大佛在炸药的爆炸声中轰然倒塌。暴虐的塔利班可能怎么也想不到，7个月之后，他们就兵败如山倒，仓皇逃窜到阿富汗和巴基斯坦边境地带的深山之中。

巴米扬河谷能看的遗址不仅仅有佛窟，在距离大佛不远的地方，卡克拉克山谷与巴米扬河谷交汇之处有一座小山，山上有一处遗址，叫作"沙赫伊·古尔古拉"（意为"哭泣之城"），这里原先曾有一座城堡，现在依然能够看到它曾经的轮廓和城堡里房屋的残垣断壁，考古学者认定，这是一处公元6世纪晚期波斯萨珊王朝建造的城市，直到古尔王朝时期仍是巴米扬地区主要的居民点。当地人将其称之为"哭泣之城"，是因为1221年蒙古大军在攻打此城时，遇到了激烈的抵抗，成吉思汗最钟爱的孙子、察合台的儿子木阿秃干在此中箭身亡。为报此大仇，攻破城池后，成吉思汗下令将城内所有人屠杀殆尽，城内哭声震天，故曰"哭泣之城"。

从"哭泣之城"沿着巴米扬河边的公路继续向东，在如丝般蜿蜒的巴米扬河与卡鲁河之间，又有一座古城遗址，唤作"沙赫伊·扎哈克"（意为"红色之城"）。这座古城始建于公元6—7世纪，在后来的伊斯兰王朝时期进行了扩建与加固，它坐落在巴米扬河南岸的高山之巅，据险以守，山上依稀可见残存的城墙与烽火台。关于"红色之城"名字的来源，有两种说法，一是因为这座城池所在的小山通体深红色，可能是含铁量高的缘故；另一种说法则认为，这个名字与波斯神话中被魔鬼附身的国王"扎哈克"有关。波斯大文豪菲尔多西在《列王记》中曾提到过"扎哈克"的故事，他原是一位阿拉伯王子，受到魔鬼伊卜利斯的蛊惑与怂恿，在其父前往皇宫后花园的途中设下陷阱将其杀死，随后登上阿拉伯王位。伊卜利斯又化身成一位厨师，每日为扎哈克烹制可口的饭菜，赢得了后者的信任，允许其亲吻自己的肩膀，刚一亲完，伊卜利斯旋即消失得无影无踪，扎哈克左右肩膀上分别长出巨蛇，惊恐万状的国王命人将蛇头砍去，两条毒蛇立即又长出新头。从此，这两条蛇就长年累月地长在了国王的肩上。苦恼的国王召集御医询问解决之道，医生们众说纷纭，莫衷一是。这时魔鬼伊卜利斯又化身医生出现在宫廷，向扎哈克进言：这两条蛇每日需以人脑喂食，只有人脑中的某种营养成分才能让它们毙命。扎哈克采纳了这一建议，每日杀死两名犯人，取其脑喂蛇。犯人都被杀光后，开始杀老百姓。

此时已是波斯国王贾姆希德统治后期，这位在前期功勋卓著的国王现如今过分膨胀，藐视神灵，弄得天怒人怨。波斯人寻遍四方，决定拥戴扎哈克为王。扎哈克率大军入主波斯，贾姆希德投降，从人间消失百年，百年后当他出现在中国海边时，扎哈克立即将他锯成两段。

令波斯人没有想到的是，扎哈克的统治比贾姆希德更加残暴。由于他肩上的蛇每日都需要吃人脑，扎哈克抓捕无辜百姓的活动日甚一日。人们开始与国王商议，抓人可以，但需由老百姓给他取脑，他答应之后，负责做饭的人每日只取一人脑，将另一位偷偷放走，这些被放走的人逃到草原与深山之中，他们成了库尔德人的祖先。

有一日，一位来自波斯中部伊斯法罕的铁匠卡瓦来到殿前，向国王说道，自己一共有18个儿子，17个都被抓走，成了国王肩上蛇的美餐，请求国王能够赦免他的第18个儿子。扎哈克要求卡瓦承认他是英明公正的君主，结果遭到这位倔强铁匠的断然拒绝。卡瓦走出宫廷后率众揭竿而起，拥立波斯王族后人法里丹为君主，法里丹最终推翻了蛇肩国王持续了一千年的统治，就在法里丹即将杀死扎哈克之时，一名天使降临，说如果杀了扎哈克，他的血会变成有害的毒虫，危害人间。法里丹只好作罢，用狮子皮做成坚韧无比的绳子，将扎哈克捆缚在伊朗最高峰——达马万德山中。在琐罗亚斯德教的有关经典中有这样的传说，扎哈克挣脱束缚重归人间之日，就是世界末日到来之时。

肩膀长出两只蛇的扎哈克是波斯古代神话和文学作品中最具有想象力的人物形象之一，在同属于波斯文化圈的阿富汗北部，用扎哈克来命名古城遗址，也是合情合理。

站在"扎哈克城"的山巅，仿佛看到了玄奘当年自东向西，穿过兴都库什山中这片河谷的画面，当年他来到巴米扬，走的肯定也是同样的路，因为这是这座河谷通往外界唯一的路。在《大唐西域记》中，关于巴米扬，玄奘这样写道：

> 梵衍那国东西二千余里，南北三百余里，在雪山之中也。人依山谷，逐势邑居。国大都城据崖跨谷，长六七里，北背高岩。有宿麦，少花果，宜畜牧，多羊马。气序寒烈。风俗刚犷，多衣皮褐，亦其所宜。文字风教，货币之用，同睹货逻国，语言少异，仪貌大同。淳信之心，特甚邻国。上自三宝，下至百神，莫不输诚，竭心宗敬。商估往来者，天神现征祥，示

崇变，求福德。伽蓝数十所，僧徒数千人，宗学小乘
说出世部。[1]

　　从"红色之城"返回喀布尔途中，路边一处黄色的
土坯大院引起了我们的注意，这是一座废弃的大型商旅驿
站，没有人知道它建于何时。它的四周是高大的院墙，进
入大门后，中间是一个宽敞的院子，大门两旁城墙内部
建有一排排的客房，院子中间亦有一排圆顶的建筑，那是
浴室和餐厅等场所。此时此刻，我眼前突然浮现出这样的
场景：南来北往的驼队经过此处，驼铃声响彻整个山谷。
商旅们在兴都库什山中跋涉数日，终于在此青山绿水旁找
到一处安歇之地，他们把骆驼拴好，一洗数日来的风沙灰
尘。在晴朗的夜空下，他们终于告别风餐露宿，聚在驿站
的餐厅中，享受着美酒佳酿和珍馐美馔，席间，美丽的中
亚女子在各种乐器的伴奏下，跳起绚烂多姿的胡旋舞。商
旅们酒足饭饱，边欣赏歌舞，边闲谈着东西方的奇异见
闻，不觉已是深夜，他们各自回房，美美地睡上一觉。第
二天一早，再次启程，踏上漫漫旅途。

1　卷第一：三十四国[M]. // 董志翘，译注. 大唐西域记. 北京：中华书局，2012.

　　我们游览了一天，也回到了"丝绸之路"客栈，美美地睡上了一觉。第二天，我们一大早启程，赶往巴米扬郊区的阿富汗第一个国家公园——班达米尔湖。从巴米扬向西，穿过河谷，进入一片开阔地带，车子飞驰在秋日寒冷的高原上，路边没有什么人，只有牛羊在安静地吃草。开了大约两个多小时，开始拐入一条岔路，土路上泛起黄色的沙尘，颠簸得让人头晕。忽然之间，没有任何征兆的，一片昏黄的天地之间出现一泓天蓝色的湖水，我们被这美景吸引，下车连声惊叫，旁边的司机白了一眼，露出一副"你们这群人真是没见过世面"的表情，说："这只是湖的一角，好的还在前面呢！我们走吧。"

　　又越过几个山丘，班达米尔湖终于出现在我们的下方。它就好像是一面镜子，将整个蓝天倒映在水中，那蓝色层次分明，湖边浅水地带的颜色犹如绿松石一般，蓝中透着绿。中间的湖区则不带一丝杂色，蓝得浑然天成。那一刻，说什么都显得多余。我只恨自己汉语水平实在有限，不能用文字表达它万分之一的美丽。

　　下到谷底，方才得知班达米尔湖是由7个湖组成的大湖，其中一个现已干涸，只剩下6个，它们都有着非常有趣的名字：班达古拉曼（意为：奴隶湖）、班达卡姆巴（意为：哈里发阿里奴隶湖）、班达海伊巴特（意

班达米尔湖

为：大湖）、班达帕尼尔（意为：奶酪湖）、班达普迪娜
（意为：野薄荷湖）和班达祖勒菲卡尔（意为：阿里之剑
湖）。6个湖的颜色也不尽相同，其中有一个碧绿如玉，
在一处高耸的形似五指的山峰之下。亿万年前，这里还是
一片普通的山谷，谷中有溪流流淌，这里的溪流与别处不
同，里面含有大量的碳酸钙，久而久之，这些碳酸钙不断
析出、堆积，竟筑成了一道高达三四米的天然大坝，将溪
水拦截在坝中。水漫过堤坝，形成一道道瀑布，将整个河
滩冲刷得光柔顺滑，湖水在这奶黄色的石滩上像珍珠一样
滚动，光着脚走在上面十分舒适宜人。

　　班达米尔湖的旅游业发展迅速，如今每年有超过20
万当地人到这个阿富汗全国第一个国家公园旅游，尽管如
此，湖边依然没有什么像样的宾馆和饭店，我们在一处四
面漏风的砖屋中吃了一顿阿富汗烤肉。中午的时候，湖畔
刮起了风，天色也开始阴沉了下来。风越刮越大，卷起湖
边高山上的沙尘，遮天蔽日，我们也赶紧坐车离开。

　　巴米扬城西，还有一处山谷很值得一去，那就是有名
的"龙谷"。在山谷的尽头有一座小山，山顶是一条长长
的岩石，从中间均匀地裂开，看上去就像龙弯曲的身体一

班达米尔湖风光

班达米尔湖风光

样，故取名为"龙谷"。"龙头"的部位有一眼泉，汩汩
地从里面渗出清水，那水如同班达米尔湖的一样，碳酸钙
含量极高，泉眼周围已经形成了小小的圆圈，恰似龙的眼
睛。泉水漫过小圆圈的四周，沿着巨石向下流淌，有如从
龙的眼睛中流出的泪痕一般。

据传，早年间，一条恶龙在巴米扬的山间横行无忌，
伤人无数，成了村民们的心头大患。阿里来到此地，用祖
勒菲卡尔（阿里之剑）沿着龙的背脊将其一分为二，形成
了如今人们看到的断裂带。龙死在那里，眼睛里流出了泪
水，即是那细小泉眼流出的水痕。人们为了纪念阿里的壮
举，在"龙骨"中间的位置，修建了一座小型的绿色神
庙，直到如今，什叶派的哈扎拉人还时时到神庙前祭拜。

中国人去巴米扬，莫名地会有一丝熟悉的感觉，不
但是因为大佛所带来的佛教文化痕迹，还因为哈扎拉人长
得和中国人十分相似，这些当年随蒙古大军来到此地的东
亚后裔，在阿富汗中部这片苦寒之地默默地生活了八百
多年。在阿富汗的历史上，他们大部分时间保持着一种自
治的状态。近代以来，与中央王朝的关系起起伏伏，曾屡
次遭到以普什图族为首的政治强人的打压，以至于两族之
间结下了不少的仇怨。在过去的年月里，正如《追风筝的
人》中描写的那样，哈扎拉人在喀布尔处于社会的底层，他

一位红衣少女站在"龙"的脊背上

们大多是上层普什图人家的奴仆或杂役。现在，虽然各族都能平等地参与政治事务，但哈扎拉人和普什图人的关系依然微妙。在巴米扬修筑公路的中国工程师告诉我说：他们的普什图族监理，没有中国人的陪伴，轻易不敢走出施工现场。

　　回喀布尔的时候，我们再次搭乘安－24螺旋桨飞机，站在巴米扬机场，能看到不远处的高山上已经覆盖了一层白雪，那是前一夜降温的结果。起飞后，乌克兰籍的飞行员不时回过头和前排的乘客聊天，同样来自乌克兰的高大男空乘给每个人发放了一盒果汁，他看到我，颇为惊奇地问："你是哈扎拉人还是中国人？"我回答说来自中国，他向我点点头，转身继续给别人发饮料。我当时有些感慨，乌克兰毕竟是一个欧洲国家，其国民却要千里迢迢来到危险的阿富汗谋生。没想到，这半小时的短暂相处竟成了永别。2018年1月20日，武装组织"哈卡尼网络"袭击了喀布尔洲际酒店，枪手挨个房间搜寻目标，见人就杀。持续了整整一夜的恐怖袭击造成了至少42人死亡，14人受伤。住在该酒店的卡姆航空公司9名乌克兰籍员工当场殒命，他们年轻的生命就这样在这片动荡的土地上戛然而止。卡姆航空也因此在很长一段时间内停飞了喀布尔到巴米扬之间的航线。

巴米扬机场

第六章

重返阿富汗

24　演唱会

　　两年后，我又一次回到了喀布尔。

　　从喀布尔哈米德·卡尔扎伊机场出来，马路对面机场入口处那条杂色大狗依然还在那里，这两年不知道它吃了什么，四条腿也粗了，黄黑相间的毛色也更亮了，感觉越发壮实了。但它高贵冷艳对路人视如无物的态度依然没变，耷拉着双眼在笼子前面走来走去，专注于自己的心事。

　　我曾无数次想象和新年重逢的情景：或许，在我打开车门的一瞬间，她会先是一愣，像是不相信自己的眼睛，她从远处走近我，用鼻子嗅嗅我的衣角，确认是我的味道后，高兴地一蹦，直接窜到我的怀里又啃又舔，汪汪叫着，甚至哭出了眼泪。然而，想象中的场景并没有出现，我下了车，她还是照例扑过来，摇头摆尾，一如她对任何一个来到办公室的中国人一样亲切，但她显然没有把我当作那个把她抚养长大、和她相依为命八个月的"爹"来看待。两年过去了，她好像没什么变化，没长胖也没变瘦，腿依旧细长，成天在院子里的草坪上疯跑，丝毫没有因年龄增长而显出精力不济的样子。

我还见到了Leo，新年偶尔的玩伴，新华社喀布尔分社的大黑背。如今他已经换了三茬主人。"贵族"出身的他依旧浑身上下散发着威严的气场，让人有些打怵。他的凶悍没过几天就得到了验证。有一晚他和他的小伙伴西西来我们这里做客，仨狗玩地兴起，我们院里的保安出来观战，结果Leo毫不客气地就在保安的腿上留下了他深深的牙印。只是，Leo的前主人们已经远在斯德哥尔摩、香港、北京等地，而我却再一次回到了阿富汗。

卡里姆和欧拜站在办公室院子里迎接我。我们的小院没什么变化，只是我当年从帕尔旺苗圃带回的4棵桃树苗和苹果树苗，如今高大粗壮了不少，并且都已经开花结果。我看着苹果树枝上挂着的几个红色果实，就像是老父亲看到自己培养多年的儿子终于考上大学一般欣慰。

卡里姆还是老样子，沉默寡言，看上去心事重重，我问他过去两年喀布尔有什么变化，他摇摇头，用口音极重的英语说："一切都还是老样子，没看出什么变化，就是安全形势越来越差了。"

欧拜看起来比两年前显老了一些，可能跟他有意蓄须有关，我不无担心地跟他说"你可不要走上极端主义的道路"。他信心满满地说："放心吧，我家里还有两个女儿呢，不会丢下她们不管的。前些日子，我老婆得了肾病，我们还一起去印度看病了。"

"那她现在恢复得怎么样了？"我问。

"还行，就是还有一些虚弱。"欧拜咧嘴一笑，"我们还想再要一个孩子呢。"

"那挺好的，但最好还是等她身体完全恢复了再说！"

"嗯。"

"我儿子越来越调皮了，现在都快管不住了。"卡里姆接过话来说。

"他今年有6岁了吧？"我依稀记得他儿子的年龄。

"嗯，快上学了，真担心他上学能不能听老师话。"

"放心吧，上学了就好了，男孩调皮些也正常。"我一个没育儿经验的人，说出这番话，自己都觉得心虚。

"女孩儿也很调皮！"欧拜插上一句，"我前两天刚买了个手机，充电的时候被女儿拿起来摔在地上，屏幕摔裂了。"他嘴上抱怨，脸上却露出老父亲慈爱的笑容：

"你看，她们现在都这么大了"，他拿过那个屏幕满是裂纹的手机，一张张的向我展示两个女儿的照片。两个小姑娘差两岁，都有一双灵动的大眼睛，非常可爱。

我们聊起很多旧事：贾拉拉巴德险遭枪击、赫尔曼德军营晚餐被晾在一旁、潘杰希尔河谷雪崩等，一桩桩、一件件，时而大笑，时而感叹。人们常说，生死之外，都是小事。然而生活未必如此，阿富汗人的故事都关乎生死，40年的战争，阿富汗人的泪水加起来，足以让秋季和冬季断流的喀布尔河波涛汹涌，但我们这些经历过战乱的人重聚，谈论最多的还是家长里短。生死只是一瞬，不由个人意志所左右，柴米油盐才是众生终身忙忙碌碌的大事。

人到了一定年纪，总是会不由自主地怀旧，这对于驻外的人而言，更是如此。离开喀布尔的人，无论是外国记者，还是大使馆的外交官，都会怀念这个危险异常的城市，尽管当初住在这里的时候可能每天都会提心吊胆。美国著名记者托马斯·弗里德曼在《从贝鲁特到耶路撒冷》一书中回忆起自己结束在内战时期的黎巴嫩首都贝鲁特的任期，转站到耶路撒冷时，以色列人劝说他出门要多当心，他内心深处对此不屑一顾。常驻过喀布尔的人，特别能够理解这种略带狂妄的底气：我连喀布尔都待过了，还有什么地方是我不能去的。

有时候，这种怀念会使人有意无意地将喀布尔美化或者浪漫化，从而偏离了它危险异常又单调乏味的现实。比如，人们会想念起春天里喀布尔山上飘扬的风筝，或者双剑王清真寺前飞翔在群山之间的鸽子，却忽略它屡次发生爆炸交火之后现场的惨烈，抑或是大雪过后在泥泞道路上乞讨的蒙面女人。其实，人们怀念的也许并不是喀布尔这座城市本身，而只是自己在此地留下的一段独特过往和一去不复返的岁月。离开喀布尔的人，都会说希望有一天能回去看看，但如果真让他回去，内心又不免会打起退堂鼓。我再次回到喀布尔时，也经历了同样的心路历程。浪漫化的回忆终究不是现实，就在我回到喀布尔不久，这里又发生了几起爆炸，一如两年前的样子。

我到了喀布尔没几天就赶上了阿富汗独立日庆典。在英国与俄国争夺中亚主导权的"大博弈"时期，从19世纪中叶到20世纪初，英国与阿富汗之间爆发过三次战争，史称英阿战争。1919年5月6日，第三次英国阿富汗战争打响，相比于前两次，这次的规模、烈度要小很多，刚打完第一次世界大战的英国无心恋战，英阿双方的战斗仅仅持续了3个多月，8月8日，英国与阿富汗在英属印度（今巴基斯坦）城市拉瓦尔品第签署停火协定，英国放弃第二次英阿战争期间攫取的阿富汗保护国地位，宣布承认阿富汗的独立。阿富汗遂将每年的8月19日定为独立日。

　　为庆祝阿富汗独立98周年，喀布尔要举行一场演唱会，这可是这座城市的大新闻。演唱会还没开始就遭到了保守派人士的反对和威胁，因为献唱的一位女歌手——号称"阿富汗卡戴珊"的阿莉亚娜·赛义德因此前在国外的一场演唱会上穿着连体的紧身衣，被指衣着不检点。

　　阿莉亚娜·赛义德于1985年出生在喀布尔，8岁时随父母移居巴基斯坦，后赴瑞士。在他们一家的避难申请被瑞士政府驳回后，又辗转去了英国。在瑞士期间，赛义德就曾加入一所音乐学校的合唱团。后来发行了自己的单曲，获得巨大成功，成为旅居世界各地的阿富汗移民中家喻户晓的明星。成名后，她开始经常返回阿富汗，上电视节目，担任"阿富汗好声音"节目的评委等。[1]她的着装以及她倡导的女权遭到许多保守人士的抨击。

　　我托人去买了一张门票，这真是一张独一无二的演唱会门票，上面连活动地点和座位号等信息都没有。主办方

1　http://www.thevoiceafghanistan.com/aryana-sayeed-0.

直到最后一刻才在脸书上公布了演唱会的地点，不是之前大家疯传的体育场，而是安保严密的洲际酒店，这座1969年9月9日即开始营业的酒店是阿富汗最豪华的酒店之一，此前曾遭到过武装分子的袭击。喀布尔警方也放出话来说，由于独立日活动较多，警力有限，无法为此次演唱会提供安保服务。女歌手到底能不能出场？现场到底会不会被袭击？在阿富汗看演唱会到底是什么体验？这些悬念让我又惶恐又期待，但最终，好奇战胜了害怕，我还是决定到现场去看一看。

　　三年前的秋天，我在同样危险的伊拉克首都巴格达有过一次类似的经历。一天傍晚，翻译伊纳斯，一位胖胖的，总是拿着手绢擦汗的中年妇女拿过一张小海报，指了指海报上的照片，对我说，有没有兴趣去看一场音乐会。我接过那张黑红色的纸片，上面印着一位戴着头巾的女大提琴手的照片，像极了电影《她比烟花寂寞》的海报。下班以后，我坐上伊纳斯的车，来到伊拉克国家剧院。

　　9月末的傍晚，地处沙漠边缘的巴格达依旧热浪滚滚，火红的太阳悬垂在底格里斯河畔，烤得剧院栅栏上黑色铁皮做的笑脸都快融化了似的。比天气更燥热的是巴格达的局势，彼时，极端组织"伊斯兰国"已经占领了紧邻巴格达的安巴尔省，据说它的武装分子已经出现在了巴格达西部的阿布格莱布区和机场附近，即将兵临巴格达城下。

拥有近1000个席位的伊拉克国家戏剧院，坐落在巴格达市中心地带，2003年伊拉克战争期间被暴徒洗劫，被迫关门，直到2009年才重新对外开放。我们晚上6点半到了剧院，人们穿着正式的礼服，三三两两地在大厅内轻声交谈。起初我以为不会有多少人来看音乐会，因为"伊斯兰国"已经近在眼前，人群聚集处很容易发生袭击事件，走进音乐厅才发现，是自己多虑了，整个大厅内坐满了人，所有人都有说有笑，完全没有因传闻有极端分子围城而出现不安与恐慌。乐队的音乐家正在台上台下调试乐器。

伊拉克国家交响乐团成立于1959年，是整个中东地区最早的交响乐团之一。20世纪60年代中期被政府解散，70年代又重新组建。自20世纪80年代开始，伊拉克进入动荡时期，1980年两伊战争爆发，这一战持续了八年。接着伊拉克入侵科威特，随即又发生了海湾战争，萨达姆政权遭受国际制裁。连年的战乱和制裁使伊拉克的经济遭到重创，这些音乐人的生活也备受影响。乐团小号手兼图书馆馆长马吉德跟我说，那时候他们的工资每月只有3美元。许多人放下了乐器、离开了乐团，另谋生路。2003年又爆发了伊拉克战争，美国人将萨达姆赶下台，伊拉克社会治安迅速恶化，教派冲突、恐怖袭击、绑架勒索成了家常便饭。这段时间又有大量乐团成员离开，从1990年起，前前后后总共有200多人陆续离开了乐团。除了人员流失，2003年，伊拉克国家交响乐团经历了另一场重大变故，在战争期间，暴徒趁火打劫，将乐团的剧院和办公楼洗劫一空，很多名贵的乐器和珍贵的曲谱遗失。剧院和乐团的办公楼也被付之一炬。

马吉德也在此时逃到了约旦，成了安曼街头一名出租车司机。两年后，他离开约旦回到伊拉克。我问他为什么回来，在巴格达音乐与芭蕾学校的小花坛里，体重超过200斤的他不断地擦着额头上的汗，向我解释道："我在那里始终没有归属感，觉得那不是属于自己的地方。"

"回伊拉克你不害怕吗？万一哪天被炸了怎么办？"我问。

他耸耸肩："前几天我刚埋葬了我哥哥，他被绑匪撕了票，这就是伊拉克，你不知道自己什么时候就会遭遇不测，可能这就是我们的命运吧。约旦再好，也不是家，死在自己的国家总比客死他乡好。"

演出开始了，当天的活动由日本驻伊拉克大使馆主办，一位日本外交官上台致辞，他的阿拉伯语带有浓厚的日式口音，我感到周围的观众都快憋不住了，有的已经笑出了声。致辞结束后，演奏正式开始，首先是贝多芬第九交响曲，接着是施特劳斯和莫扎特的作品，古老独特的中东乐器之王、形似吉他的乌德琴出场，悠远旷达的音色在一众乐器中脱颖而出，像是从历史深处传来，将人们的思绪带到了曾经如星辰般出现在美索不达米亚平原上的古老文明。此刻，没有"伊斯兰国"、没有爆炸、没有冲突，只有穿透历史的乌德琴声，飘荡在人们的心头。

驻外记者的人生有时候想想真的很奇妙，我从不曾想到自己人生中听的第一场音乐会居然是在伊拉克巴格达，更奇妙的是，我人生中听的第一场演唱会竟然会是在阿富汗喀布尔。

喀布尔洲际酒店坐落在市里的一座小山顶上，山下和半山腰都是岗哨。如果是古代攻城，这里一定是守军最理想的天然城池。我们把车停在山脚下，从山下走到山上，前前后后经过了六道安检，包括搜身、警犬、金属探测门，总算在6点多来到了现场。在酒店大楼后面一座小花园里，好几百名年轻的小伙儿站在那里，狂热地吹着口哨，大喊大叫。在他们右边是女性座席，男女之间隔出了两米宽的地带。好多女孩站在舞台下方，兴奋挥舞着手中的阿富汗小国旗。花园外面，背着AK-47的安保人员不停地走来走去，寻找着人群中的可疑目标，空气中既弥漫着兴奋，也有对袭击的焦灼和紧张，让人又惊又怕。演唱会开始前，新华社喀布尔分社的当地雇员奥米德拽了拽我的衣服，把我领到了舞台的后方，指了指后面的一条狭窄的小路跟我说，这就是逃生通道，一旦发生袭击，赶快低头猫腰从这里逃走。

这种恐惧绝非空穴来风，2011年6月28日，三十几位阿富汗省级官员前往喀布尔洲际酒店，参加美军向阿富汗安全部队移交防务的吹风会，当晚10点左右，事前混过三道安检躲在酒店后面花园里的袭击者冲入酒店大门，引爆炸弹，随后冲入大堂，在酒店内大开杀戒，阿富汗军方赶到现场与酒店内的歹徒进行了激烈交火，双方的战斗持续了五六个小时，此次事件最终造成包括9名袭击者在内的21人死亡。而喀布尔另一家五星级酒店塞雷纳也曾于2008年和2014年两次被武装分子袭击，造成重大人员伤亡，总之，越是外国人、政府官员多的地方，越是容易成为武装分子袭击的目标。

七点多，随着舞台上霓虹灯的闪亮和音乐的响起，演唱会正式开始。首先登台的是一位年轻男歌手，他留着修剪整齐的胡子，身穿白色的衣裤，声音悠扬婉转，唱的是流行唱法；第二个出场的歌手叫穆沙雷斯，这位来自阿富汗北部城市马扎里沙里夫的理发师是2017年"阿富汗之星"歌唱大赛的年度总冠军。他长得很粗壮，沙哑的嗓音配上嘻哈的唱法，酷劲十足，台下观众不断地发出兴奋的尖叫。接着出场的一位看上去六七十岁的老艺术家，嗓音雄浑。有那么一瞬间，闪烁的灯光、狂欢的人群，让我突然有一种不知身在何处的感觉，因为阿富汗永远都是昏黄的天空、不知何时就会发生的爆炸，以及人们悲苦的表情，我从没想过阿富汗以及阿富汗人会有如此热情奔放的一面。

前几位歌手出场后，万众瞩目中，阿莉亚娜·赛义德在荷枪实弹的军人护卫下登上舞台。让我震惊的是她不但没有缺席，而且居然没有戴头巾。她长发飘飘，穿着一身阿富汗国旗黑绿红三色的紧身裙直接登台，拿起话筒，甩动长发、扭动着双臂和性感的腰肢，激情四射的歌唱和舞蹈立刻将台下观众的热情点燃，小伙子们吹着口哨，姑娘们拼命地挥舞着手上的小国旗，大声尖叫，喊着偶像的名字，所有人都激动万分。舞台两边的气柱机向上喷出的团团火焰和天空中绽放的巨大烟花，使整个演唱会变成了一个巨大的派对现场。

担心会出事，我听了她三四首歌后挤出人群的重重包围，提前离场。此时，山下入口处已经部署了大批的警察，手持盾牌严阵以待；山上酒店里烟花绚烂、灯光闪烁、狂欢声震耳欲聋，洲际酒店的六道安检将酒店内外隔成了两个世界，一瞬间我竟不知道哪一个才是真的阿富汗。

25　战地秀场

阿富汗第一本时尚杂志《瞳孔》一出版，就在喀布尔引发了不小的轰动和争议，原因就是封面的女模特没有戴头巾，这引起了一些保守人士的强烈抨击。

在伊斯兰社会，女人的头巾和男人的胡子，从来都不是简单的装饰，而是具有深刻的宗教含义和政治倾向的符号。有一次，我去伊朗德黑兰伊玛目·萨迪克大学采访，这所学校的政治与国际关系类专业在伊朗享有盛誉。走在校园里的时候，制片人侯赛因指了指远处几个正在闲聊的大学生，跟我说："你看那些学生的胡子，就知道他们是政治上的强硬派，至少是伊朗政坛强硬派的支持者。"我顺着他手指的方向看了一眼，果然，那几个学生都是满脸络腮胡，胡子不长，而且修剪得很整齐。我恍然大悟：

"就是和前总统艾哈迈德·内贾德一样的胡子样式。"他点了点头。

在中东待久了，根据胡子来判断一个男人的宗教和政治倾向在大多数时候都屡试不爽：凡是留着满脸胡子，尤其是下巴上的胡子长度在一拳以上的，基本都是保守派甚至是极端派，比如阿富汗塔利班领导人毛拉·奥马尔；凡是留着满脸胡子，但修剪得很整齐，长度在一寸以内，类似于"内贾德式"的，多半是政治上的强硬派，这一点在伊朗政坛尤其如此；而有的虽然也是络腮胡子，但刮得干干净净，只留着青色胡茬的，多半是追求时尚的世俗化男青年，这是迪拜大多数阿拉伯男子所钟爱的胡子样式，一些胡子稀疏的男子，甚至会飞到植发技术高超的伊斯坦布尔，专门去植上自己喜欢的胡型。我在伊拉克首都巴格达曾遇到一位膀大腰圆的出租车司机，他浑身长满快要溢出衬衫的肥肉，每次将身体挤进狭小的驾驶室都异常费劲。车一遇到红灯，他总是变戏法似的不知道从哪里拿出一把梳子，对着驾驶室上方的化妆镜，像酒会间隙到卫生间补妆的女人一样，精心梳理自己下巴上的胡子，只见他左手握着方向盘，右手拿着梳子，先沿着鬓角下缘向下梳，将络腮胡子梳整齐，随后沿着嘴唇下方一路向下，一直输到喉结上方，此处是最重要的部位，因为我看他在此处费时最多，每一下都一丝不苟，最后是鼻孔下方到上唇之间的区域。最后，再对着化妆镜，头慢慢地向左右两侧倾斜，直到所有的胡须都理顺得整整齐齐为止。三四十秒的红灯时间，利用得恰到好处，一变绿灯，一脚油门，绝尘而去。

男人的胡子如此，女人的头巾更是如此，在2018年年初的伊朗大规模抗议中，就有女性在大街上摘下头巾，抗议伊朗政府强制女性佩戴头巾的法律。在阿富汗塔利班当政期间，女性不但被要求戴头巾，更是必须穿遮住全身的罩袍——布尔卡。塔利班下台后，尽管新政府对女性着装并无强制性禁令，但阿富汗社会依旧十分保守，我2014年第一次去喀布尔的时候，大街上的女性大部分都还是穿着蓝色的布尔卡。2017年当我再次走在喀布尔的大街上，穿罩袍的女性数量已经明显大幅减少，大部分女性已经将裹住全身的罩袍换成了头巾和日常服装。

不戴头巾的，除了演唱会上的赛义德，在日常生活中，我从未见过。《瞳孔》杂志就这样毅然地将一张不戴头巾的女人照片放到了杂志的封面上。在该杂志借用的当地报纸的办公室里，主编法塔纳·哈桑扎达直言不讳地跟我说："他们说阿富汗女人必须戴头巾，他们觉得女性不应该参政，不应该在社会上抛头露面，不应该上学，没有权利维护自己的自由，我们这本杂志就是要让这些极端分子知道，我作为一个人，有权利选择是否穿长衣、戴头巾还是穿短裙。"30多岁的哈桑扎达自己戴着粉红色的头巾，说话语速极快，在采访过程中，她粉红色的头巾从头上滑落，她也没有重新戴上，就那样披在肩上，这也是我第一次见到面对外媒采访不戴头巾的阿富汗女性。

哈桑扎达说着，拿起那本杂志递到我手里。杂志封面的女明星是一位伊朗影星。由于伊朗波斯语与阿富汗两种官方语言之一的达里语其实是同一种语言，所以伊朗的影视节目和明星在阿富汗非常受欢迎。我翻了翻，杂志内容涵盖最新流行服装款式、新上映的电影、时装展演、妇幼保健知识、反家庭暴力和瑜伽等。说实话，这本时尚杂志和别的国家同类型的出版物没什么两样。然而在阿富汗，这却是一件甚至可以影响到编辑人员生死的大事。

自第一本《瞳孔》杂志发行后，哈桑扎达和她的编辑团队就不断收到各种形式的威胁，有的来自其社交媒体的留言，有的则是接到辱骂和威胁电话。为了躲避可能发生的意外情况，哈桑扎达和她的团队采取了各种规避措施，比如不在杂志封面和里页印单位的确切地址、为数不多的员工上下班都非常小心。

杂志的名字源自库尔德语"Gellara"，意为"瞳孔"。之所以用库尔德语，是因为哈桑扎达希望阿富汗女性能像抗击"伊斯兰国"的库尔德女兵一样勇敢。面对威胁，哈桑扎达和她的团队并没有退缩。杂志在5月发行了第一期2000本之后，8月发行的第二期，发行量增加到了5000本。《瞳孔》杂志用铜版纸印刷，一期杂志印刷费用就高达6000美元，这还不算拍照、稿费、编辑人员工资等费用。除了广告收入，哈桑扎达和她的团队还要搭上自己的一部分工资。但她说她办这本杂志不是为了钱："在阿富汗一些边远农村地区，一些女性被包办婚姻，她们被像动物一样卖来卖去，婚后每年都像生育机器一样被强迫生孩子，这本杂志关注的焦点，就是它能够到那些女人手中，使她们的处境得到改变。"

对于时尚，老一辈喀布尔人其实并不陌生，自20世纪50年代中期开始到70年代，欧洲与美国的"嬉皮士"一代逐渐兴起了一股"在路上"的旅行热潮，他们从西欧各大城市出发，乘公共交通工具，住廉价的小旅馆或青年旅舍，经东欧、巴尔干半岛到达土耳其的伊斯坦布尔，由此踏上去往东方的旅途，横穿土耳其后，进入伊朗，紧接着就从赫拉特入境阿富汗，再从阿富汗到印度和东南亚

地区，喀布尔乃至整个阿富汗是这条"嬉皮士之路"的必
经之地，受此影响，嬉皮士文化在当年的阿富汗也颇为流
行。那是阿富汗的黄金时代，喀布尔街上女性烫着时髦的
发型，穿着短裙，安闲自在地逛街。男人们戴着墨镜、穿
着皮夹克和敞口的喇叭裤，在商店的门口朝走过来的女郎
挤眉弄眼，吹着口哨。就连日本明仁天皇与美智子皇后的
蜜月之旅也选在了阿富汗巴米扬，由此可见当年阿富汗的
吸引力。

2017年8月19日，在喀布尔洲际酒店旁边一处大型会
议中心，阿富汗各界举行集会，庆祝独立98周年。演讲台
上，我见到一位老人，她头发花白，梳得一丝不苟；双目
炯炯有神，目光中带有那种与生俱来的威严与气派，即使
素未谋面，也会被其威严自若的气场所折服，她与我见过
的所有阿富汗人都不同，人们依然能够从她身上感受到曾
经阿富汗上流社会人士举手投足间那种优雅与从容，她就
是阿富汗公主印度·达富汗[1]，因在印度出生而得名。

一百多年前，正是她的父亲——前国王阿马努拉·汗
的改革，开启了阿富汗近代世俗化的进程。在他执政的10

---

[1] India D'Afghanistan,意为"阿富汗的印度"。

年间，公布的改革法案达100多项，涉及政治、经济、军事、文化和社会习俗各个方面。在社会习俗方面，规定在喀布尔的官员或到喀布尔办事的官员，一律不许戴阿富汗式的传统羔皮帽和头巾，要穿西装，戴欧式礼帽。[1]禁止妇女佩戴面纱；印度·达富汗公主的母亲，阿马努拉的王后索拉亚·塔尔齐，在一百多年前的一次演讲后，当众摘下面纱，以示对其丈夫改革事业的支持；塔尔齐王后的父亲马赫穆德·塔尔齐，是当时阿富汗政府的外长、报业之父，大力宣传倡导土耳其凯末尔式的世俗化与现代化。如同很多中东很多国家一样，阿马努拉的世俗化、现代化改革触动了国内宗教阶层的利益，内战随之爆发，10年后的1929年初，他被迫宣布退位，在领导了一次小型的复辟运动失败后，阿马努拉逃至英属印度，后又辗转去了意大利，直到1960年去世。正是在流亡英属印度期间，阿马努拉与王后索拉亚生育了印度·达富汗公主。

阿马努拉·汗退位之后，将王位传给自己的哥哥伊纳亚图拉·汗。叛军并没有因为王位的变更而放松对喀布尔的进攻。伊纳亚图拉束手无策，在位仅仅三天，就不得不与他弟弟一样，也逃到了英属印度。起义领导者哈比布

1　王铁铮，黄民兴，等. 中东史[M]. 北京：人民出版社，2010：311.

拉·卡拉卡尼的命运并没有好到哪里去，这位塔吉克人登上王位仅9个多月，就被穆罕默德·纳迪尔·沙领导的普什图武装力量推翻并被处决。卡拉卡尼，这位对于阿富汗近代历史来说只不过是一闪而过的角色，恐怕怎么也想不到，自己去世87年后，关于他的葬礼居然会引起一场不小的风波。2016年，卡拉卡尼的遗物被发现，部分塔吉克人要求政府为卡拉卡尼举行国葬，他们将其视为塔吉克人的英雄，毕竟他是阿富汗历史上唯一一位非普什图族国王。部分普什图人和乌兹别克人则反对为他举行高规格的国葬，在他们看来，卡拉卡尼是有名的"土匪国王"，他领导的对阿马努拉的军事行动致使阿富汗现代化的进程中断。最终，阿富汗政府于2016年9月2日为其举行了隆重的葬礼，在此过程中，他的支持者和反对者还爆发了冲突，造成1人死亡，4人受伤。

纳迪尔·沙时期（1929—1933年），阿马努拉的世俗化改革进程终止。4年之后，在出席一场高中毕业典礼时，纳迪尔被一名哈扎拉学生阿卜杜勒·哈利克刺杀身亡。如今，纳迪尔残破不堪的陵园还矗立在喀布尔西南的一座小山坡上，只剩下几根立柱和一座陵墓塔俯瞰着这座城市。纳迪尔死后，他年仅19岁的儿子穆罕默德·查希尔·沙继位，他整整统治阿富汗40年，是这个国家最后一位国王。

在查希尔统治期间，阿富汗世俗化进程大大加快，女性的权利得到显著提升，喀布尔游客云集，带来了西方最前沿的时尚理念，它由此成了"嬉皮士之路"上重要的一站。

1973年，在查希尔赴意大利进行治疗期间，他的堂兄，曾于1953—1963年担任总理的穆罕默德·达乌德·汗发动了政变，宣布废除君主制，建立共和国。从这时起直到苏联入侵那十年，尽管阿富汗国内政坛充满了宫廷诡计、阴谋与动荡，但总体来说，阿富汗政府在国内推行的依旧是世俗化的政策。喀布尔女性纷纷走出家门，活跃在各行各业。在阿富汗女副议长法齐亚·库菲《我不要你死于一事无成 写给女儿的十七封告别信》中，她回忆起自己从巴达赫尚的乡下第一次来到喀布尔时的情景：

> 喀布尔与我想象中的首都一模一样：令人激动，喧嚣不已。我惊叹于黄色的出租车，车身两侧画有黑色带子；看到蓝色的米莉公交车上，女司机穿着时髦的蓝色迷你裙制服，我惊讶得目瞪口呆。[1]

---

1 库菲. 我不要你死于一事无成 写给女儿的17封告别信[M]. 章忠建，译. 北京：中信出版社，2012：53.

如今，在喀布尔的一些书店和餐馆中，仍能看到当年流传下来的一些照片，我们从中可以一瞥彼时喀布尔的风采：航空公司的女乘务员穿着褐色的套装，手上戴着白色的手套，列队走在一处体育场中，接受检阅；医学院的女生梳着齐耳短发，专心地听老师讲解知识。虽然这种世俗化的时尚装扮并未普及到阿富汗全国，仍然仅限于首都等大城市部分中上层社会，但不可否认的是，那个年代，喀布尔人对于时尚并不陌生。

苏联撤退后的内战时期和塔利班统治时期，宗教保守势力迅速崛起，保守的装扮成了阿富汗社会生活的主流，尤其是塔利班当政后，女性的头发、裙子等从人们的视线中消失，取而代之的是蓝色的布尔卡；化妆、穿高跟鞋等都成了违法行为，时尚从这块亚洲中部腹地消失殆尽。塔利班下台以后，阿富汗社会逐步恢复自由，时尚也开始悄然回到大城市。尽管布尔卡依然是主流，但越来越多的都市女性选择脱去这种禁锢全身的服饰，换上了现代的服装。

一部阿富汗近代史，其实就是世俗与保守、开放与封闭之间的拉锯史。在兴都库什山中、在赫尔曼德河旁，村庄、家族和部落主宰着人们生活的方方面面，传统的生活方式延续千年，宗教在人们的生活中扮演着重要角色，女人们穿着布尔卡，绝少抛头露面。即使在阿马努拉·汗和查希尔·沙等统治者强力推行世俗化时期，广大农村地区也一如往昔，并没有多少改变。而在喀布尔等大城市，情况就非常不同，这里是阿富汗最先接触到西方文化和思想的地方，过上城市生活的人们总是赶得上时髦的第一波潮流。近代以来，阿富汗几位开明君主推行世俗化改革，无一不是喀布尔打头阵，女人们摘去面纱、脱下罩袍，男人们换上西服，系上领带，都是从这里开始。这种城乡之间文化与思想上的差异在世界各国都或多或少的存在，只是在阿富汗，两者似乎始终无法和谐相处：保守派甚至是如塔利班一样的极端势力上台，奉行的是宗教与意识形态挂帅，他们对于经济和社会发展规律的蔑视或者无知，导致经济发展停滞、社会矛盾丛生；世俗化力量推行改革，往往容易不顾阿富汗实际国情，操之过急，引发宗教人士与强大的部落武装的激烈反抗，导致改革受挫，甚至君权易主。近代以来，阿富汗始终在保守与世俗、封闭与开放中来回摇摆。

除了时尚杂志，模特与秀场也悄然出现在喀布尔。一个月前，喀布尔一处私人宅邸中举行了一场时装秀，20多位年轻的男女模特在严密的安保措施下逐一走上T台，展示了丰富多彩的阿富汗传统服饰。组织这场时装秀的是30岁的阿基玛·哈契齐。10年前，在印度完成学业后，他返回阿富汗，开始设计服装，并着手组建模特队伍。

我在喀布尔市区一处挂满葡萄藤的小院里见到了阿基玛·哈契齐，阿富汗第一家模特经纪公司的创办者。他留着一头长发，眉毛乌黑、眼眶凹陷。走进他的工作室，就像走进了一座阿富汗传统服饰博物馆，墙壁上挂满了他设计的色彩艳丽、独具特色的阿富汗民族服饰。

为设计服装，哈契齐几乎跑遍了阿富汗的各个省份和部落，去搜集不同民族、不同部落的服装样本。很难想象，这样一个长发清瘦的男子，跑到保守，甚至是武装分子盘踞的边远省份，而且是因为设计服装而去，会遇到怎样的白眼与嘲讽，甚至是生命危险。尽管如此，哈契齐仍然顶住压力坚持了下来，如今公司已经有了42人的团队，其中包括8位女模特。

每天下午，部分模特都会来到这里彩排训练。我们正在工作室里聊天的时候，来了几位年轻的小伙子和小姑娘，这几个人一看就都是哈扎拉人。在阿富汗，据我个人的观察，凡是新鲜大胆的事物，无论是音乐还是绘画，抑或是舞蹈，总有哈扎拉人的身影，虽然我不太认同什叶派普遍比逊尼派更加开放世俗的观点，但哈扎拉人，尤其是

时装设计师哈契齐在他的工作室里

哈扎拉女人的确比其他族裔更加愿意尝试新事物、迎接新挑战。这几个阿富汗年轻人虽然没有外国模特那种高挑的身材与冷漠的气质，但从精心打理的发型和精致的妆容上看，毫无疑问，他们仍旧表现出与普通阿富汗人所不同的气场。

阿提拉·法兹利穿着一身白色的连衣裙缓缓地向我走来，她画着紫色的眼影，艳红的双唇。两年前，爱美的她加入哈契齐的团队，成为公司第一位女模特。她眨了眨一双大眼睛，说："最开始我的家人都反对，当时没有女人从事这个工作，我甚至找不到阿富汗女模特的照片，给家人看说我就像她们那样，后来当他们看了我的两三个节目之后，意识到我穿的是阿富汗的服装，展示的是阿富汗不同民族女性的服装，才渐渐开始支持我。"

在狭小的工作室里，哈契齐不断地纠正模特们的步态与动作，一个眼神，一个转身，一个跷脚，都大有学问："阿里，下巴再收一下，视线再稍微向下一点""阿提拉，你展示裙子时手再往上提一点！对，就是这样！"突然间，他转过头，向我问道："记者先生，你觉得他们怎么样？"

"很好啊！"我端着一个学员递过来的茶，说道。

"是，他们进步很大，"哈契齐指着法兹利说道：

"两年前她刚来的时候，什么都不会，我们真的是一切从零起步。"

"当初怎么想到要创办一支模特队伍呢？"我问。

"我学服装设计的嘛，从印度回来就开始设计服装，但是设计出来的服装没人展示也不行，阿富汗这方面是空白，我就有了这个想法。"哈契齐走过来，坐在我旁边，看着我说道，"模特行业是一个展示美的行业，我就想向外界证明，阿富汗有塔利班、有"伊斯兰国"，这不假，但同时，阿富汗还有另一面，那就是一群年轻人，在保护他们国家的传统风俗和文化。"

"嗯，所以你这里设计的服装都是阿富汗传统样式及其改良版？"我其实已经注意到了哈契齐设计制作的衣服当中并没有一件西式服装。

"是的，都是传统服饰和基于传统服饰的创新，"他呷了口茶，"我们现在还没法做西装，男的倒还好说，主要是女的不行，西式服装不会有模特愿意展现的。而且，人们对于时尚有不同的理解，谁规定西式的就一定是时尚？在我看来，我们阿富汗的传统服饰也很时尚。"他指了指身后一屋子五颜六色的衣服，说道。

26 在喀布尔网上购物

一个大风刮得黄沙漫天的下午，我来到喀布尔市区东部一处居民小区，五栋20世纪80年代苏联人修建的苏式筒子楼立成一排，灰色的建筑在昏黄的天空下更显得萧索。走进其中一栋楼的地下一层，墙上贴着各色广告牌。里面有一扇大铁门敞开着，走进铁门后，左手边的房间门没有关，里面摆着三张桌子，桌上放着几台电脑，墙边放着货柜，上面摆着手表、手机壳等各种商品，这里就是阿富汗第一家购物网站——"低价网"的办公室。

阿富汗人，尤其是偏远地区的人，依然在沿用流传了千年的购物方式，我曾在巴米扬见到，小贩的秤盘上，放的不是砝码，也不是秤砣，而是石头。人们用石头作为单位，称量哈密瓜的重量，计算价格。

在巴米扬，人们用石头当秤砣

在喀布尔，外国人最常光顾的购物地叫"鸡街"，这条最早是当地人卖鸡的街道，出售的都是独具阿富汗特色的商品：青金石、祖母绿等宝石，手工皮具、克什米尔山羊绒、牦牛绒等珍贵纺织面料。这里是一处宝藏，只要你有足够的耐心，就一定能淘到富有当地特色的产品。鸡街商人，如同中国那些专做外国人生意的商家一样，能够迅速地辨别出同时进商店的几个人谁更有钱，谁更可能买走店里的值钱货，从而决定让伙计端茶上茶的顺序。作为阿富汗最具特色的宝石，青金石无疑是鸡街最受外国人青睐的商品，这种深蓝色的石头自古以来就流行于东方的皇宫，也是文艺复兴时期画家们钟爱的深蓝色的天然来源。来鸡街的外国人多半是为它而来，商人们也心知肚明。他们总是故作神秘，从店里的抽屉里拿出据说是"不轻易示人"的好货色，说："你看这串，蓝的多纯粹，色泽均匀，金星多，白洒金少。"对于行家来说，只需一眼，就能戳破店家的夸大之词，阿富汗是青金石的原产地，但说实话鸡街市面上上等的青金石实在太少，据说品相最好的在巴达赫尚的矿上就直接被外国买家买走了，那种毫无杂色和斑点的深蓝色石头在鸡街几乎没有，带有少量金星（黄铁矿）的已属难能可贵，大部分都还是带有白洒金的中等品相的石头。

　　经营克什米尔山羊绒的店铺在鸡街一栋商场的地下一层，走进门，一屋子全是五颜六色的纱巾和围巾，薄如蝉翼的山羊绒和牦牛绒围巾如丝般光滑。店主是一个身材修长的中年人，他摘下无名指上的戒指，套在纱巾的一端，那戒指就顺着光滑的羊绒，顺利地滑到纱巾的底部。"你看，这是纯正的克什米尔山羊绒，别的面料都达不到这般顺滑，"他得意地说道。即使没有大数据，"杀熟"在这里也同样适用，丝巾店老板就是典型的杀熟老手，我年初的时候在他的店里买丝巾，还是30美元一条，秋天再去，同样面料的已经涨到了120美元……

　　皮具店距丝巾店不远，这家店经常被外国使馆包场，有一次，我去店里闲逛，看见里面摆设的箱包一大半都不见踪影，一问才知，是俄罗斯大使馆要货，老板将店里的大部分皮包拿到使馆，供外交官们挑选。在喀布尔，由于安全原因，各国外交官们在非执行公务期间一般不会轻易上街，这种上门服务就成了鸡街店铺老板熟悉的卖货方式。

　　网上购物，对阿富汗来说是个新事物。但这个国家城里的人们和世界各国的民众一样，对新事物充满了好奇，社交媒体的普及又为他们打开了一道认知外部世界的大门。虽然局势始终不稳，但阿富汗，至少是包括首都喀布尔在内的大城市，网络基础设施建设近几年也取得了很大的进展，2014年我第一次去喀布尔时，当地移动运营商提供的还是3G信号服务，到了2017年，人们已经用上了4G。与中国不同，处于起步阶段的阿富汗网上购物还是以社交网站"脸书"为主要载体。通常情况下，出售商品的个人或公司会将货品发到自己的社交媒体上，感兴趣的买家在评论区留言，然后再与商家进一步沟通，直到一切谈妥为止。

2015年，在巴基斯坦长大，曾在谷歌等多家知名互联网公司巴基斯坦分公司工作的沙·费萨尔抓住阿富汗电信和网络发展的机遇，创办了"低价网"。这位20多岁的普什图小伙看上去很精干，短发自带卷，穿着T恤和牛仔裤，英语说得十分流利，说话手势丰富，思维敏捷，典型的IT男。他和纽约、柏林等地的年轻电脑工程师的共同语言可能要多过和他的阿富汗同胞。作为IT工程师，通过用户分析，他敏锐地意识到电子商务在阿富汗的潜力："两年前，我调查了脸书用户统计，发现阿富汗有两百多万用户，其中多数是在喀布尔，我觉得这是一个机会，以大约3000美元起步，买了一些T恤、衬衫和牛仔裤，创办了一个脸书购物网页，取名叫低价网。"

　　网站办公室的隔间，就是他们的仓库，费萨尔领着我到里面仔细查看，昏暗的房间内摆放着一排排货架，为了最大限度地利用空间，货架摆得很密集，两排货架之间仅容一个人行走。我跟在他后面，看他像将军介绍自己的士兵一样，如数家珍地向我介绍货架上的商品："这边是男装、前边是女鞋、右手边是玩具、里边还有首饰，等等。"所有的货物都还装在塑料袋中，喀布尔风沙大，那些塑料袋上也蒙着一层细细的沙尘。如同喀布尔巴扎里的物品一样，这些货物也大多是中国制造。办公室外面的另一间屋子是给商品拍照的地方，里面放着两把椅子，上面用白色的床单盖着，椅子前方立着两个照相馆里用来补光的闪光灯。"这就是我们全部的家当"，参观完这几个房间后，费萨尔关上摄影室的门。

　　和一些创业者一开始就会遭遇失败不同，"低价网"上线的第一批货物很快就卖光。随着业务量的增加，费萨尔又开发了专门的"低价网"购物网站。输入网址后，这个网站和包括"淘宝"在内的购物网站差别不大，但由于费萨尔他们为了节省成本以及阿富汗较为保守的社会环境，网站上展示的衣服并没有多少是穿在模特身上拍照的，绝大部分就是衣服摊开摆在那里的照片。和国内网购的另一个不同是网站没有在线支付功能，因为网上银行在阿富汗尚未普及。"低价网"所有的交易都是线上下单，货到付款，这给网站带来不小的运营成本。一旦顾客退货，快递小哥又得去现场取货、退款。阿富汗的邮政系统比较落后，专业的快递公司很少。费萨尔他们只能组建自己的物流团队进行货物配送，目前一共有6名快递小哥，他们骑着摩托，把顾客订购的商品装在摩托后面的货箱里，穿梭在喀布尔的大街小巷。

费萨尔抱怨说，他不是一个关心政治的人，但阿富汗糟糕的局势对他的生意影响很大。作为一个内陆国家，外国出口到阿富汗的商品，几乎都要从邻国巴基斯坦或伊朗陆路运到阿富汗，"低价网"的大部分货物也是如此。而阿富汗与巴基斯坦两国关系的起伏、阿富汗海关的低效严重影响了网站货物的供应。费萨尔不无嘲讽地说："其实爆炸等袭击事件并没有影响到我们的生意，毕竟不管怎样大家都得生活，有购物的需要，但如果你去我们和巴基斯坦的边界看看就知道，半数以上的时间它是关闭的，当货物到达海关后，清关又非常难，阿富汗海关没有合适的政策，他们效率低、收费却很高。"

作为一项新事物，网购在阿富汗发展很快，"低价网"上线第二年就实现盈利，全年完成了10万份订单，一举成为阿富汗第一大网络购物公司。费萨尔说，他们并没有将销售渠道扩展至阿富汗全国的计划，因为阿富汗广大农村地区道路通行困难、电力供应不足，网络普及率也不高，还有一些地区则盘踞着反政府武装组织，"低价网"的目标客户群体目前依然只能是喀布尔200多万活跃的网络用户。

我让他谈谈对阿富汗未来的看法，作为我们采访的收尾，费萨尔挠了挠头，说："我其实并不想去拔高自己做这件事的意义，但我还是希望阿富汗的年轻人都能自己做些力所能及的事情。我希望他们拿起的是笔、是电脑、是书，而不是枪和炸弹，只有这样，我们这个战乱不断的国家才能有所发展。"

后　记

采访完阿富汗女子轮椅篮球队队长尼鲁法尔·巴亚特，我和欧拜一前一后走出国际红十字会喀布尔骨科治疗中心的小院，司机纳基还没来，我们站在墙边等车。欧拜点了一根烟，抽了一口，漫不经心地问了一句："先生，你为什么只对尼鲁法尔这样的女性感兴趣？她们并不是典型的阿富汗女人。"我一时语塞。其实，我知道他这话背后的意思。的确，在后塔利班时代，阿富汗女性地位得到很大提升，出任省长、部长、议员、驻外大使等官职屡见不鲜，飞行员、运动员、画家等各行各业也都有女性活跃的身影。但总体而言，阿富汗大部分女性，尤其是广大农村地区的女性，都没有工作，她们每天要做的就是做饭、收拾房间、照顾孩子，有时甚至还要忍受家庭暴力、丈夫娶了二房三房后对自己的冷漠和虐待等，她们才是大部分阿富汗女性的日常。我没有回答欧拜，他继续抽烟，似乎也不急于得到答案。纳基来了，我们坐上车，离开了那里。

我在中东常驻近五年，在此之前，我对阿富汗——这个我们的西部邻国知之甚少。

提起阿富汗，人们似乎自然而然地就将它和战争联系在一起，并津津乐道它是帝国坟场。我也是如此，对它有限的认知来自于"9·11"事件后美国对其发动的战争，1979—1989年持续了十年的苏阿战争，以及19世纪和20世纪早期爆发过的三次英阿战争。

2014年常驻中东后，我前前后后多次前往这个亚洲腹地的内陆国家，实地观察与了解阿富汗社会的方方面面，听到、见到、感受到许多普通阿富汗人或喜、或怒、或哀、或乐的人间悲喜剧，我觉得有必要把他们的故事记录下来。

在阿富汗待得越久，就越发觉得人们对于阿富汗的看法并不准确，有时甚至是不公。它固然可以称得上是帝国坟场，但正如一些当地人说的那样，它更是自己国民的坟场。可悲的是，人们记住这个国家，不是因为它自身遭受的苦难，而是因为大国对它发动的战争。在苏联人撤走，美国人尚未到来的1989—2001年，阿富汗境内大大小小的武装组织之间爆发了激烈的冲突，各种势力粉墨登场，竞相逐鹿，民众伤亡惨重、四散逃离，但这些又有多少外人关注过呢？

所以，尽管采访对象的故事大多与该国持续了40年的战争有关，但我并没有将重点放到美国、苏联或者别的什么外国。我想讲述的是阿富汗本身，而不是因为关注美国或者苏联等大国而顺带关心一下这个国家。

战争主导了阿富汗人过去40年的生活，但它并不是阿富汗的全部，正如同喀布尔这座城一样，尽管恐怖袭击从来没有停止，高楼大厦、车流量还是不断增多，甚至一度有如雨后春笋之势。最让人感动的，就如同我曾经在"伊斯兰国"兵临伊拉克巴格达城下之时，依然能够在夜里看到底格里斯河两岸腾空而起的新婚焰火一样，是阿富汗人在战乱之中表现出的不屈与韧劲。尽管每天都可能会面临生死之别，人们依然努力地活着，依然认真地追求更加美好的生活。创建模特经纪公司的哈契齐如此，举办演唱会的赛义德如此，办网上购物的费萨尔同样也是如此。

作为来自东亚国家驻阿富汗的记者，我们既无法像欧美记者那样容易地接触到喀布尔美国人的圈子——鉴于美国在阿富汗的政治与军事地位，这是重要的新闻资源；又无法像某些伊斯兰国家的记者那样，有足够的人脉去偏远的部落地区甚至是塔利班控制区采访。我对阿富汗的了解还远远不够，它既古老，又年轻；既传统，又现代；表面上看单调、沉闷，实则丰富多彩、立体而多元。阿富汗是天堂，这里有着殿堂级的绝美景色；阿富汗是地狱，40年战乱让这里的人们承受了太多的苦难，阿富汗更是人间，这里的人们，和世界上其他国家的人们一样，有悲欢离合的故事，有柴米油盐的日常，都在为生活而努力。新闻能够呈现的不过是其中极小的部分，这多少有些遗憾。

拍摄完哈桑扎达的杂志社，要出门的时候，我看到一楼旁边一间小会议室里坐满了人，主席台上的背景是一张巨幅海报，上面画着一支粉色的玫瑰。原来，那里即将举行一场诗歌朗诵会，一位旅居欧洲的阿富汗裔女诗人回国分享她的诗作。台下的女孩都是十八九岁的大学生，青春的脸上写满憧憬和期待。那一瞬间，我想明白了要如何回答欧拜当初问我的问题：我愿意将镜头对准尼鲁法尔们的原因，是因为那些所谓"典型"的阿富汗女人、那些沉默的大多数，他们所努力的、所希冀的，正是自己的子女能够自由地打篮球、自由地参加诗歌朗诵会，活出自己的人生。也许，他们年轻的时候也有过各种各样的梦想，却因为战乱或者保守的环境而无法实现。把尼鲁法尔、哈桑扎达、费萨尔们的故事讲给观众听，就是对那些在背后默默支持的沉默的大多数最好的慰藉。

参考书目

［1］ COTTERMAN W W. Improbable Women: Five who Explored the Middle East[M]. New York: Syracuse University Press, 2013: 5.

［2］ FERDOWSI. Shahnameh: The Epic of the Kings[M]. Translated by Reuben Levy, Rang-e Panjom. 5th ed. Tehran: Yassavoli Pulications, 2014.

［3］ HOSSEINI K. The Kite Runner[M]. Penguin Group (USA) Inc., 2003.

［4］ ERALY A. The Mughal World: India's Tainted Paradise[M]. Phoenix, 2008.

［5］ 库菲. 我不要你死于一事无成 给女儿的17封告别信［M］. 章忠建，译. 北京：中信出版社，2012.

［6］ 安萨利. 无规则游戏——阿富汗屡被中断的历史

[M].钟鹰翔，译.杭州：浙江人民出版社，2018.

　　[7]　塞厄斯塔.喀布尔书商［M］.陈邕，译.南宁：接力出版社，2007.

　　[8]　刘啸虎.帝国的坟场：阿富汗战争全史［M］.北京：台海出版社，2017.

　　[9]　彭树智，等.中东国家通史　阿富汗卷［M］.北京：商务印书馆，2000.

　　[10]　王铁铮，黄民兴，等.中东史［M］.北京：人民出版社，2010.

　　[11]　张鸿年.列王纪研究［M］.北京：北京大学出版社，2009.